琦君

经典散文选集

琦君————著

新华出版社

图书在版编目（CIP）数据

琦君经典散文选集 / 琦君著. —北京：新华出版社，2019.7

ISBN 978-7-5166-4797-4

Ⅰ. ①琦… Ⅱ. ①琦… Ⅲ. ①散文集—中国—当代 Ⅳ. ①I267

中国版本图书馆CIP数据核字（2019）第167525号

琦君经典散文选集

著　　者：琦　君

责任编辑：张修涛　　　　　　　封面设计：李尘工作室

出版发行：新华出版社
地　　址：北京市石景山区京原路 8 号　邮　　编：100040
网　　址：http://www.xinhuapub.com
经　　销：新华书店
　　　　　新华出版社天猫旗舰店、京东旗舰店及各大网店
购书热线：010-63077122　　　　中国新闻书店购书热线：010-63072012

照　　排：李尘工作室
印　　刷：北京市文林印务有限公司
成品尺寸：150mm×230mm
印　　张：14.5　　　　　　　　字　　数：156千字
版　　次：2019年10月第一版　　印　　次：2019年10月第一次印刷
书　　号：ISBN 978-7-5166-4797-4
定　　价：38.00元

目 录

● **谈谈琦君** / 林海音 / 001

● **一代一代流传下去** / 李瑞腾 / 003

● 第一辑 **童年记忆**

小记童年 / 002

变戏法老人 / 004

我的童话时代 / 007

贴 照 片 / 013

红 纱 灯 / 016

第一双高跟鞋 / 026

木鱼的故事 / 029

看 咸 鱼 / 031

下雨天，真好 / 033

我爱亮晶晶 / 040

不 倒 翁 / 043

我心里有一只可爱的狗 / 046

虫虫找妈妈 / 049

过 新 年 / 052

小天使的翅膀 / 055

海豚回家 / 058

那只小老鼠呢 / 060

捉 惊 / 063

坑姑娘 / 066

捺 窟 / 069

猫 外 婆 / 072

小白回家 / 075

圣诞老公公 / 086

魔 笔 / 089

孔雀错了 / 092

万事如意 / 094

盲女柯芬妮 / 097

● 第二辑 **怀念亲友**

一朵小梅花 / 102

髻 / 108

母亲那个时代 / 113

母亲的偏方 / 116

克姑妈的烦恼 / 120

妈妈哭了 / 123

外祖父的白胡须 / 126

白 发 / 132

破浪乘风 / 135

学英雄本色 / 138

母亲的信 / 143

代 沟 / 146

妈妈离家时 / 149

灯 下 / 153

第三辑 思念家乡

尝 新 / 160

故乡的江心寺 / 163

忆 姑 苏 / 166

南湖烟雨 / 170

西湖忆旧 / 172

故乡与童年 / 183

绿遍澎湖 / 186

两　代 / 190

天堂在心中 / 193

思乡曲与慈母颂 / 196

文　与　情 / 201

哀乐中年 / 203

春回大地 / 206

垦丁之旅　/ 209

玉女灵猫 / 216

谈谈琦君

林海音

　　《琦君说童年》这本书，共收集了二十六篇各式各样的童年故事，是作者琦君写给少年朋友读的。琦君是一位著名的女作家，她写过许多好文章，尤其是散文，最受读者的喜爱和崇拜。她出版了十几本散文集，读者从青年到老年都有，但是专给少年朋友写的，不是很多，除了中华儿童丛书有一些以外，最新的就是这本《琦君说童年》了。

　　琦君和我，不但是写作上的朋友，我们两家常相来往，也是家庭的朋友，我们彼此看着两家的孩子长大。我结婚早，所以孩子大，比她先做了祖母。她喜欢年轻人，尊敬老年人，疼爱小孩子。小猫、小狗、小花、小草……她都喜欢。她到朋友家，看见人家有小猫，她就高兴地叫那小猫，小猫就会一下子跳到她身上，她就一面用手摸抚着那小猫，一面和人谈话。我的孩子常常笑说："潘阿姨（琦君姓潘）叫猫的声音好肉麻啊！"她也不在乎。她常和年轻人在一起，她在大学教书，学生又多，虽然有的叫她"老师"，有的叫她"阿姨"，有的叫她"婆婆"，可是跟她谈话却没有什么隔阂，按现在的新名词来说，就是没有"代沟"。她有时打电话来，不见得找我，却是找我女儿谈天，北平话常说"没大没小"，就是这意思吧！文言一点说，就是"忘年之交"了。

　　琦君的年龄和我相仿，如果我们谈起往事，是很谈得来的。比如我们青少年时所读的当时的名著小说啦，所体会到的当时的社会形态啦，家庭生活啦，婚姻恋爱啦，都有相同的见解，所以当我们坐在那儿谈天的时候，年轻的子女们就会围上来听，我的两个大女儿，都非常记得她们看见潘阿姨来了，是怎样高兴地给潘阿姨拿拖鞋，为她端热茶，然后搬了小竹凳来坐在我俩跟前，听了一个，又听一个的，没完没了地请潘阿姨"再说一个嘛！"琦君是南方人，生长在山明水秀的温州和杭州，我虽是原籍海岛，却在北平长大，我们的童年在迥然不同的两个地方度过，但童心却一样。琦君说得不错，年纪越大，不记近事，却记远事，所以这两年她写的童年之事更多了。以前写的，是给成年人看的，现在却要对着少年朋友写了。

　　在这本书里，她告诉你，她的家乡的人物、生活和风光。她说故事给你听，有神话的、历史的。你读这本书，不但故事好听，而且知道许多故事的来源，也学到许多做人的道理。我们来要求琦君，再不断地给少年朋友写下去啊！

林海音

一代一代流传下去

李瑞腾

三民书局和东大图书公司曾出版过琦君的六本书：《琦君小品》（1966）、《红纱灯》（1969）、《读书与生活》（东大，1978）、《文与情》（1990）、《琦君说童年》（1996）、《卖牛记》（2004）；另外也出版了两本有关琦君的书：章方松《琦君的文学世界》（2004）、宇文正《永远的童话——琦君传》（2006）。在将近四十年间，三民一直努力经营琦君文学，这表明琦君的书在书市的流动稳定。跨世纪以来的两本传记可互补，完整再现了琦君一生及其文学世界。

到目前为止，台湾各大学的研究生以琦君为研究对象的学位论文，已超过三十篇；"台湾中央大学"琦君研究中心举办"阅读琦君"活动，非常热闹；琦君故乡温州也不断举办琦君相关活动。这种种现象，说明琦君虽辞世多年，她的人和作品都还有一定的热度。

《红纱灯》原先是在"三民文库"里头，早已改版纳入"三民丛刊"，现在三民将再版新印，改入"品味经典"系列，我因之而再度赏读。《红纱灯》写的"是点点滴滴的生活杂感"（第一辑），"是平日读书写作之余，心灵深处的一些微感受与领悟"（第二辑）。相较而言，《红纱灯》名气大，原因是其中收入的《髻》《下雨天，真好》《红纱灯》等，皆琦君名篇，尤其是《髻》。犹记得 2018 年初，《联合新闻网》报道大学学测出题之事，就提到"琦君散文名作《髻》，透过身为大老婆的母亲和姨娘（小老婆）梳发髻的差异，细腻描写原配和小三的战争，大学学测、指考国文科入题高达七次，白话文之冠"。并引述高中老师说，《髻》"宛如连续剧般精彩，学生都读得兴趣盎然，刻画之细腻，连男生都动容，老师还可引导讨论性别平等的相关议题"。这情况就好像《毛衣》出自《烟愁》一样，《红纱灯》因此也成了琦君散文集之代表著作了。

琦君这些回忆自己儿时、书写故乡的散文，确实写得感人，但她也写她自己的儿子，也写当下访过的金门。此外，琦君也写带有知识性的小品，理性和感性兼具，我们看她出入于古代典籍，征引解说，对应着今生今世，贴切自然，合当是现代所谓学者散文了。

这书有第三辑，谈写作之灵感，谈中国古代妇女与文学、韩国女作家孙素姬、糜文开伉俪及其女儿的两本书之读后等，视野相当宽阔。

《琦君说童年》，纯文学版列入"纯美家庭书库"，一看即知是"写给少年朋友读的"（林海音序），扉页上有"琦君自画童年"，总计二十六篇，每篇都有"陈朝宝插图"；三民版列入"三民丛刊"，篇名页皆配以"琦君自画童年"，各篇原插画可能因版权关系，全换了，惜未标作者芳名，唯绘图线条由柔转刚，略增些趣味性，出版社似不再以"少年朋友"为主诉求。本来嘛，这书里各篇散文，都深入浅出，老少咸宜。

琦君说，这本书"慰我童心三十年"，"在台湾安定生活已三十年，而此心无时不魂牵梦萦于故乡与童年"（《小记童年》）。之所以如此，全因她的童年"那段快乐得爆裂开来的好日子"，双亲、外公、姑婆、老师、玩伴，还有诸如变戏法的老人等，无不可亲可敬。进一步说，好玩好看的物品，像任何会发亮光的东西（别针、戒指、项链、珍珠等）、自来水魔笔、花篮、不倒翁、坑姑娘（自己做的小娃娃）、小天使蜡台等，好吃的东西（红米饭、灰汤糯、咸鱼等），还有素所喜爱的动物（猫、狗、虫、小老鼠等）。美好的故乡，快乐的童年，但时光无法倒流，故乡回不去，难怪魂牵梦萦啊！

说童年，忆旧时人事，聊堪自我慰藉，更重要的是琦君常是抚今追昔，于是就有一些对照，总归是惜过去的那些情，也惜后来的这些缘，着眼于一个"乐"字，故事里头会有一些源流叙说，也有一些启人深思的"做人的道理"。

我手上的本子，《红纱灯》是二版十一刷（2016年7月），《琦君说童年》有纯文学版1994年5月的第十七刷，约两年后有三民版，2003年1月是四刷，十几年来刷过多少，我没去查，肯定非常可观。现在出版社愿意新印，一定是确信书有众多读者，这说明琦君的作品，必可一代一代流传下去。

二〇一八年五月

第一辑

童年记忆

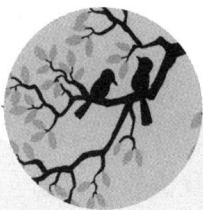

小记童年

曾读过一篇文章里说："年纪大了，不能近视能远视，不记近事记远事。"真的，年纪越增长，对儿时的记忆越清晰。因此，与朋友们谈天，不由得说童年。提起笔来，也不由得写童年。一位位的亲人、师长、朋友，都亲切地来到眼前。家乡的田园山水风光也一幕幕浮现眼前。心头是无比的温馨，却也有一丝丝怅惘。因为岁月逝去，不会再回来；青鬓成丝，不会再年少。

可喜的是眼看自己的孩子和亲友们的孩子，都已长大成人。他们当年都是爱听我讲故事的童子。尤令人欣慰的是朋友们的孩子以及我的许多学生，一个个学成业立，而且大多已绿叶成荫，做了父母，自己也要说故事给孩子们听了。我这个现成升格当"奶奶"和"师婆"的人，也就格外津津乐道童年，乐写童年。在写的当中，我真是满怀感谢的心，更希望少年朋友们知道我们那个时代的生活情形，我们是怎么个顽皮玩乐的，我们的长辈和老师是怎么个带领我们长大，教导我们做人的。

在台湾安定生活已三十年，而此心无时不魂牵梦萦于故乡与童年。因此愿以此书献给在台湾出生长大的少年朋友，也献给与我年龄相若的中老年朋友。让我们老老少少，一起来说童年，一起来乐童年。那么这本小书，也真可以"慰我童心三十年"了。

变戏法老人

现在的许多观光饭店，都有特别节目以娱乐嘉宾。有的歌唱，有的表演魔术。坐在变幻的灯光里，一面吃着豪华的酒席，一面欣赏节目，好不惬意。可是看着魔术师讲究的衣着和他脸上取悦观众的笑容，我心里总像有说不出来的感触，因为我又想起了家乡那位变戏法的老人，和他那一身褴褛的衣衫及脸上带泪的微笑。

我小时候，总喜欢和小帮工阿喜在后院晒谷场上玩，尤其是冬天，晒谷场上晒满了番薯条和萝卜丝，我帮着阿喜用竹耙子一边耙翻，一边捡起被太阳晒出糖汁的番薯条来吃，又甜又带一股太阳香，所以我们叫它番薯枣。晒番薯枣的日子，我是连饭都不想吃了。

有一天，一个肩上背着蓝布袋的老人，走到后门口来，只是向我们看。阿喜问他："这位老伯伯，你是外地人吗？我以前没见过你呢。"老人说："我是过路的，要回家乡去，想挣几个盘缠，我会变戏法。"一听变戏法，我马上跑上前去央求说："伯伯，变个戏法给我看好吗？"他摸摸我的头，俯身在地上捡起一根稻草，撅成许多段，往左耳里塞进去，咳嗽一声，马上伸手从右耳挖出来，仍旧是整根的稻草，我都看呆了。阿喜说："你一定有两根稻草，那些摘断的一定还在你耳朵里。"老人俯下身说："你看看耳朵里有没有？"耳朵里是空的，老人确实有本事。他又拿起一张长凳，凳脚顶在鼻梁上，长凳就直直地竖起来了。这时小叔叔走过来，他拍手嚷着："真功夫！真功夫！"却拿了一张软软的纸给他说："你能把这张纸顶起来吗？"老人不慌不忙地把纸对角折了一下，就把它像船帆似的撑在鼻梁上了。看得我们真是佩服。阿喜抓起一大把番薯枣递给他说："老伯伯，你先吃点，我去请太太拿钱。"

母亲也出来了，她给了他五角银角子，外加一升白米。那时代，五角钱真是好多好多，因为一块银圆可以买两百个鸡蛋了。老人接过白米，倒在布袋里。五个银角子紧紧捏在手心里，连声说："太太，你真高升（钱给得多的意思），一定添福添寿。"小叔叔说："老伯伯，教我们一套戏法好吗？"他说："戏法都是哄人的，顶板凳才要下苦功啊！"母亲感动地说："哪样事不要下苦功呢？老伯伯这么大年纪了，还在练呢。"母亲眼睛看着小叔叔和我。

老人也看着我们，很怜惜的样子。他慢慢地从贴肉口袋里摸出一只旧兮兮的婴儿软底鞋，递给我看，颤声地说："这是我孙女儿的鞋子，她现在一定跟你一样大了，我不知道她现在哪里，我们一家被大水冲散了。我一直在找她。"他的眼泪流下来了。我摸着那只软底鞋，看看自己的脚丫子已经这么大了，不由得也流下泪来。母亲说："老伯伯，你放心，你一定会找到她的，骨肉连心啊。"

阿喜不知在什么时候已用麦秆子做好一只小麻雀，递给老人说："老伯伯，你边走边吹这个小麻雀，吹你从前抱她时唱的歌儿，她就会听见的。"老人越发泪流满面，万分感谢地接过去，连声说："我会吹，吹那个'鸡鸡斗，雀雀飞，飞到高山吃白米。'她会听见的。"小叔叔说："老伯伯，我们也帮你唱、帮你找，你们很快就会团圆的。"

变戏法的老人谢了又谢，背着蓝布袋慢慢儿走远了。可是他一直没有走出我的记忆，不知他究竟找到那个跟我一样大脚丫子的孙女儿没有。

我的童话时代

　　每回翻开一本好的儿童读物，欣赏着有趣的故事与美丽的图画，我就有一种年光倒流，重返儿时的感觉。可是我的童年时代，哪有像今天这样，整套的、加了注音符号的几百字故事，童话丛刊、儿童文学丛刊呢？母亲给我买来一本《二十四孝》和一本《儿童模范故事》就供我读上一整年了。读得里面的图画全会白手描了，也难得盼到一本新书。我在描图画时，心里常常想，做孝子多么不容易啊！像王祥那样，得脱成赤膊，卧在冰上冻得半死，才冻出一条鲤鱼给妈妈吃。像闵子骞受后母虐待，穿着塞芦花的假棉袄，还得咬紧牙根说不冷，拿至诚来感化后母。这样的行为实在太伟大了，我做不到，我的小朋友们也没有一个做得到。他们好像是我在庙里看见的端端正正坐在神龛里的神仙菩萨，离我太遥远了。我倒比较喜欢那本模范故事。因为爱迪生的顽皮样儿好像就在我眼前；华盛顿砍了樱桃树，向父亲坦白承认，使我懂得诚实的意义；司马光用石头打破水缸，救出他的朋友；他的机智与镇静使我非常钦佩，我希望自己也能学得到。可是无论如何，仅仅是这几本薄薄的故事书，实在不能满足我的欲望，我想知道更多的事情。我不但希望知道历史上伟人们童年时代的故事，也希望知道我的父母亲、祖父母、老师们小时候有趣的事儿。因为他们是我最爱、最信赖、最熟悉的人，我要知道他们小时候是不是也顽皮闯祸、挨打，有时候是不是也会撒点小小的谎？他们遇到危险如何保护自己？遇到困难如何想法子解决呢？我的运气很好，因为在我八岁的时候，外祖父被接来和我们一起住了。因此，从八岁到十一岁，是我童年时的黄金时代。外祖父说不完的故事，使我小小的心灵，懂得了仁慈、友爱、诚实、勇敢诸种美德，而且觉得一个人学好并不是太难的，因为外祖父也做到了。

每天晚饭以后，读完夜课，我就端一张矮竹凳，坐在外祖父身边，双手捧着他的膝头，听他讲小时候的故事。我的家庭教师对我极严厉，当背不出《幼学琼林》与《女诫》而挨了打以后，外祖父围着青布大围裙的膝头，就是我安全的避风港了。他讲他跟父亲上山砍柴，遇到野豹，怎么躲避；刮台风涨大水，怎样抢救谷仓和牛栏。长毛来了怎么逃难，既惊险又有趣，听得我嘴巴张得大大的，口水都掉下来了。

他说一个人，做事不要怕难，不要怕危险，遇到困难与危险，要想办法克服。他伸出他蜷曲的小拇指告诉我，他十岁时，有一次上山砍柴，长毛贼来搜山了。他屏住气躲在一堆矮树丛中。没想到长毛贼就站在他鼻子尖前面，背向着他，握着大刀。大靴后跟正踩住了他的小拇指，疼得钻心，他却忍住了不喊出声来，因为，喊出来就没命了。长毛贼走后，他偷偷逃回家，小拇指却断了。又有一次，村子里涨大水，他虽小，却把缠小脚的曾外祖母，扶上后山，再回来把猪鸡鸭都救了出去，因为那时曾外祖父正出门做生意去了。

他不但讲许多他自己的故事，也讲许多旁的故事给我听。我至今还记得的是两姊弟逃难的故事：有一对姊弟在山上玩，忽然强盗来了，他们逃向一个山洞，洞口布满着蛛网。姊姊吩咐弟弟，要小心地爬，不要弄破了蜘蛛网，因为蜘蛛结网是非常辛苦的。他们刚爬进洞里，强盗就来了，他们朝洞口看看，一个说一定有人躲在洞里，一个说，不会的，爬进洞的话，洞口的蛛网一定给弄破了。另一个想想不错，没搜寻就走了。姊弟二人因为不伤害蜘蛛，也得到很好的报应。像这样善有善报的故事，外祖父讲了好多。如今想起来，许多老一代的童话故事都包含着很好的教育意味，可以培养孩子们爱护小动物与爱惜物力的纯厚天性。

那时我们没有专为儿童画的图画，外祖父给我看的是丰子恺为佛教会劝戒杀而画的漫画。那简单的一点一画，传神之至，而作者的那一片仁慈的心，亦复溢漾纸上，印象至今不可磨灭。也使我至今一直都爱惜小生命。我因而想到，如果画家们为儿童多作有教育性的漫画，纵然不着一字，也可使儿童们心领神会。

外祖父还常常讲拆字故事给我听。有一个我一直没忘记：三个女婿去丈人家拜寿，大女婿喝一口酒念道："颜色相同茶与酒，吕字拆开两个口。一口喝茶，一口喝酒。"二女婿随口接道："颜色相同煤与炭，出字拆开两座山。一山出煤，一山出炭。"三女婿发了半天呆，忽然灵机一动，也念道："颜色相同龟与鳖，二字拆开两个一。"他指着高高坐在上位的丈人与丈母娘说："一个是龟，一个是鳖。"外祖父讲完非常得意，也举起茶杯来，喝了一大口说，我喝的不知是茶还是酒。我笑得滚到他怀里，连终日紧锁双眉的母亲，也不由得莞尔而笑了。

外祖父的拆字巧对很多，像"此木为柴山山出，因火成烟夕夕多。""哥哥门外送双月（朋），妹妹窗前捉半风（虱）。""一点两点三点水冷酒，百头千头万头丁香花。"更有趣的是换偏旁游戏。像"桥"字，他念道："有木也是桥，无木也是乔，去掉桥边木，加马便成骄。贫而毋谄，富而毋骄。"又如"棋"字，他说："有木也是棋，无木也是其，去掉棋边木，加欠便成欺。龙游浅水遭虾戏，虎落平阳被犬欺。"凡此许许多多的文字游戏，当时颇提起我分辨字形近似、部首相同的字义的兴趣。中国文字的字形、字义与四声，是一种特殊的艺术。在儿童时期以游戏的方式，启发他们的兴趣，未始不是一种很好的尝试呢。我对旧诗词的爱好，也许就由于外祖父的启蒙吧。

我最记得每到过新年，外祖父用微微颤抖的手，蘸饱了浓浓的墨水，在红纸条上写春联。字体方方正正的，有点像魏碑，也有点像汉隶。我当时只觉得那一个个大字都很好看。每副春联，不管我认不认得字，他都要详详细细地给我讲解，叫我背下来，因为音调好听，念起来朗朗上口，念一两遍就都会背了。

正月庙里演戏，外祖父提着红灯笼，冒着大风雪，带我去看戏。跳跃的红灯笼光影，照在白皑皑的雪地上，也照在外祖父雪白的胡须上，把两样白的东西都映成粉红色了。

这一片柔和而温暖的粉红色，像梦似的，一直荡漾在我的心头。使我怀念童年，怀念外祖父。我觉得外祖父长长的白胡子，正象征他永远不老的赤子之心。他终年笑口常开，从不叹气。

他给我讲的故事，每一个都充满了爱与快乐。现在我自己已是中年，我有一个心愿，就是如果生活能较悠闲的话，我一定要静下心来，重拾儿时旧事，把当年小朋友们憨态可掬的神情，我们捉迷藏、荡秋千的情景，一点一滴地描绘下来。也把我们那个时代的风俗人情，与那时代人们的思想语言记载下来，给许多孩子们看，也给我自己看。我想喜欢看这一类儿童故事的人，就是年纪再大，也不会觉得自己老的。因为童年的回忆，使一个人的心情永葆青春。

我想每一个人，都有一个美丽的童年。如果写文章的朋友们，把自己的童年生活，无论以充满欢欣还是惆怅的笔调写下来，都将是最好的儿童文学，也是最好的童话。童话并不一定都要凭想象编故事。我有一个徒孙（我学生的女儿），她对我说："师婆，我好喜欢林婆婆（海音女士）的《城南旧事》啊，《我们看海去》的那个贼，多么可爱，多么善良啊！"可见得每一个孩子，都喜欢看大人们童年时代的故事，尤其是他们熟悉的人物。他们希望知道妈妈、爸爸、叔叔、阿姨们小时候所发生的事情，他们的时代背景和他们成长的过程，这是对下一代儿童们极好的生活教育。如加以文学的描写，我想比起神仙、公主、大象、小白兔等的童话，对儿童的兴趣与善良天性的引发，当有更多的效果吧。

我更觉得写童年故事与童话本身就是一种享受。因为在下笔之际，你自会抛开人世的得失忧患，忘却现实的丑陋与不能尽如人意处。尤其是身为父母的，一提起笔来，就会想起他们的儿女们幼年时或现在正是年幼中的可爱神态，自是笔底生春，文思泉涌。记得子敏先生的文章《一个父亲的深思》里写的，他伏案写文章到天亮，孩子起床了，揉揉惺忪的眼睛对他说："爸爸，今天见！"做爸爸的焉能不满怀欢慰，以天真的"儿语"，写出至真至善至美的童话呢？

贴 照 片

一年又在办公室与厨房之间送走了十五天，一年的二十四分之一，又一个永不能再回头的二十四分之一。昨天撕下第十六张日历时，不免有点心惊。心惊于过去一万多个日子是怎么给溜跑的。

最足以留下生活实录的是日记与照片。过去在大陆，也曾断断续续地记过日记，记一些悲欢岁月，记一些读书感想。前前后后也有了好几本。来台时因行囊简便，就万分珍惜地把它们锁在书桌抽屉里。谁想来到台湾，把一段黄金时代都等闲过了，却没有写下一篇日记。年复一年的，忙于生活，这支笔就愈来愈不勤快了。倒是十多年来，照片却累积了好几大盒。除了在盒子上记一下年份外，里面却是颠三倒四，乱成一团。每回取出来想整理，总感到时间不够，心情也不够轻松愉快。一面又后悔如果记日记的话，记到什么情景，就配以照片一帧以为印证。他年重读时岂不图文并茂，令人悠然神往？这么一后悔，就越加无心整理了。孩子常常打开匣子，抽出一张问我："妈妈，这是我几岁照的？""这是什么地方？"我就得一张张给他说明。他又问："我那张捧着奶瓶坐在小马桶上的照片怎么找不到啦？"于是他就乱翻起来。说也惭愧，我连给孩子按着他的年岁单独贴一本照相册的事都没做。难道真要等他戴上了方帽子，再来贴他自己捧奶瓶的照片吗？

其实我并不是没有贴过照片，我曾贴好三大本。我最珍惜的是从大陆带出寥寥可数的几张旧照片，使我缅怀往事，追念先人。可是那年迁住永和镇，大水把照相本全泡烂了。我小心地一张张撕下烘干，装在纸袋里，从那以后，不知为什么就一直无心再贴。最近，我又抽出最有纪念性的旧照片，仔仔细细地看。看我父亲穿着雪白夏布长衫，一手下垂，一手捏着短短的念佛珠，庄严中透着洒脱。两鬓花白的母亲，穿上她崭新的湖绉旗袍，站在盛开的牡丹花旁，一脸满足的微笑。更有我的妹妹，她那时才一岁半，头顶梳一根戳破天的小辫子，被孤零零地放高茶几上，张开两手，咧开木鱼嘴又哭又笑。如今她已绿叶成荫，这张照片该使她全家莞尔而笑。有一张是我在故乡，嵌五彩玻璃的大花厅前面，和族里几位长辈以及堂弟妹们合拍的。大概是过新年，每人都穿着新衣服。我那时顶多十岁，乡里乡气的大方格棉袍，笑得好开心。三个堂弟都一律背心长袍，一个个神气十足。站在我右边的堂妹肥头大耳，一脸的福相。父亲手臂弯里抱着过房的小弟弟。我再一数，照片上一共八个人，竟就只我一个人到今天还活着，其余七位都已作古了。这，真叫人不能不触目惊心；年高的长辈们老成凋谢原无足怪，年轻的一代竟何以如此凋零！

看了这张照片，我每次都感到无限辛酸，又觉得自己这个在家族中几乎是硕果仅存的"宝贝"，不能不说是得天独厚。

因此，我更不能不珍惜未来有限的岁月，以期无负于老天对我一番额外的照顾了。

可是说来惭愧，我这半生就从来没有定过什么计划。早年在新春开笔时，脑子里还多多少少转一下"一年之计"，但到年终总是兑不了现，反而精神上负了一笔债。于是一年年的，由忙忙碌碌而变得浑浑噩噩，更不敢定什么伟大的计划。过了中年，感慨愈多，文辞愈涩，忙完了一天的工作，就是念念古人名句，读读今人佳作。再有些许空闲，就是看看照片，以捕捉旧日的梦痕。

因此，我今年倒发了一个愿心，要把几盒照片整理出来贴在相本上，在旁边题上几行字莫等到老迈得记忆力都衰退了，要写也想不起当时的情景，岂不是"二十年往事已模糊，婉转思量涕泪悔当初"吗？

更有一样，我的许多朋友都已儿婚女嫁，从国外寄回一本本彩色照片，翻看时令人羡慕不已。我的儿子，今年十岁半，他答应我长大后当了蛙人，就给我寄赤身裸体、肌肉发达的照片回来，叫我高兴高兴。我可千万别等到那时才开始贴照片。

贴照片，该是我今年的一年之计，还有三百四十五天，这一件小小的事儿，该可以完成吧。

红纱灯

小时候，我每年过新年都有一盏红灯笼，那是外公亲手给我糊的。一盏圆圆直直的大红鼓子灯，两头边沿镶上两道闪闪发光的金纸。提着它，我就浑身暖和起来，另一只手捏在外公暖烘烘的手掌心里，由他牵着我，去看庙戏或赶热闹的提灯会。

八岁那年，他却特别高兴地做了两盏漂亮精致的红纱灯：一盏给我，一盏给比我大六岁的五叔。这两盏灯，一直照亮着我们。现在，灯光好像还亮在我眼前，亮在我心中。

每年腊月送灶神的前一天，外公一定会准时来的。从那一天起，我的家庭教师也开始给我放寒假了。寒假一直放到正月初七迎神提灯会以后，足足半个月，我又蹦跳又唱歌又吃。

妈妈说我胖得像一只长足了的蛤蟆，鼓着肚子，浑身的肉都紧绷绷的。几十里的山路，外公要从大清早走起，走到下午才到。我吃了午饭，就搬张小竹椅子坐在后门口等，下雨天就撑把大伞。外公是从山脚边那条弯弯曲曲的田埂路上，一脚高一脚低地走来的。一看见他，我就跑上前去，抱住他的青布大围裙喊："外公，你来啦，给我带的什么？"

"红枣糖糕，再加一只金元宝，外公自己做的。"

外公总说什么都是他自己做的，其实红枣糖糕是舅妈做的，外公拿它来捏成各色各样的玩意儿，麻雀、兔子、猪头、金元宝。每年加一样新花样。

"今年给我糊什么灯？"

"莲花灯、关刀灯、兔子灯、轮船灯，你要哪一样？"

外公说了那么多花样，实际上他总给我糊一盏圆筒筒似的鼓子灯。外公说他年轻时样样都会，现在老了，手不大灵活，还是糊鼓子灯方便些。我也只要鼓子灯，不小心烧掉了马上再糊上一层红纸，不要我等得发急。

外公的雪白胡须好长好长，有一次给我糊灯的时候，胡须尖掉进浆糊碗里，我说："外公，小心晚上睡觉的时候，老鼠来咬你的胡须啊！"

"把我下巴啃掉了都不要紧，天一亮就会长出一个新的来。"

"你又不是土地爷爷。"我咯咯地笑起来。

"小春，你知道土地爷爷是什么人变的吗？"

"不知道。"

"是地方上顶好的人变的。"

"怎么样的人才是顶好的好人呢？"

外公眯起眼睛，用满是浆糊的手摸着长胡子说："小时候不偷懒，不贪吃，不撒谎，用功读书，勤快做事。长大了人家有困难就不顾一切地去帮助他。"

"你想当土地爷爷吗，外公！"

"想是想不到的，不过不管怎样，一个人总应当时时刻刻存心做好人。"

好人与坏人，对八岁的我来说，是极力想把他们分个清楚的。不过我还没见过什么坏人，只有五叔，有时趁我妈妈不在厨房的时候，偷偷在碗橱里倒一大碗酒喝，拿个鸭肫干啃啃，或是悄悄地去爸爸书房里偷几根加利克香烟，躲在谷仓后边去抽；我问过外公，外公说："他不是坏人，只是习惯学坏了，让我来慢慢儿劝他，他会学好的。"

外公对五叔总是笑眯眯的，不像爸爸老沉着一张脸，连正眼都不看他一下。所以外公来了，五叔也非常高兴。有时帮他劈灯笼用的竹子。那一天，我们三个人在后院暖洋洋的太阳里，外公拿剪子剪灯上用的纸花，五叔用细麻绳扎篾签子，我把甜甜的花生炒米糖，轮流地塞在外公和五叔的嘴里。外公嚼起来喀啦喀啦的响，五叔说：

"外公，您老人家的牙真好。"

"吃番薯的人，样样都好。"外公得意地说。

"看您要活一百岁呢。"五叔说。

"管他活多大呢，我从来不记自己的年纪的。"

"我知道，妈妈说外公今年六十八岁。"

"算算看，外公比你大几岁？"五叔问我。

"大六岁。"我很快地说。

"糊涂虫，怎么只大六岁呢？"五叔大笑。

"大十岁。"我又说。其实我是故意逗外公乐的，我怎么算不出来，外公比我整整大六十岁。

"大八岁也好，十岁也好，反正外公跟你提灯的时候就是一样年纪。"外公俯身拾起一粒木炭，在洋灰地上画了一只长长的大象鼻子，问我："这是'阿伯伯'六字吗？"

"不是'阿伯伯'，是'阿剌伯'六字，你画得一点也不像。"我抢过木炭，在右边再加个八字。说："这是外公的年纪。"

五叔把木炭拿去，再在左边加了一竖说："您老就活这么大，一百六十八岁，好吗？"

"那不成老人精了？"外公哈哈大笑起来，放下剪刀，又笃笃地吸起旱烟管来了。五叔连忙在身边摸出一包洋火，给他点上。外公笑嘻嘻地问："老五，你怎么身边总带着洋火呢？"

"给小春点灯笼用的。"五叔很流利地说。

"才不是呢！你在妈妈经堂偷来，给自己抽香烟用的，不信你口袋里一定还有香烟。"我不由分说，伸手在他口袋里一摸，果真掏出两根弯弯扁扁的加利克香烟，还有两个烟蒂头，小叔的脸马上飞红了。

"这是大哥不要了的。"五叔结结巴巴地说。

外公半晌没说话，喷了几口烟，他忽然说："小春，把香烟剥开来塞在旱烟斗里，给外公抽。"又回头对五叔说："你手很巧，我教你扎个关刀灯给小春，后天是初七，我们一起提灯去。"

"我不去，我妈骂我没出息，书不念，只会赶热闹，村里的人也都瞧不起我。"

"那么，你究竟念了书没有？"

"念不进去，倒是喜欢写毛笔字。"

"那好，你就替我拿毛笔抄本书。"

"抄什么书？"

"《三国演义》。"

"那么长的书，您要抄？"

"唉，字太小，我老花眼看不清楚。你肯帮我抄吗？抄一张字一毛钱，你不想多挣几块钱吗？"

"好，我替您抄。"

五叔与外公这笔生意就这样成交了。外公摸出一块亮晃晃的银圆，给五叔去买纸笔。他还买回好多种颜色的玻璃纸给我糊灯。外公教他扎关刀灯，自己一口气又糊了五盏鼓子灯：红的、绿的、黄的、蓝的，一盏盏都挂在廊前。五叔拿着糊好的关刀灯在我面前摆一个姿势，眼睛闭上，把眉心一皱，做出关公的神气。在五彩瑰丽的灯光里，我看见五叔扬扬得意地笑。

提灯会那天下午，天就飘起大雪来。大朵的雪花在空中飞舞，本来是我最喜欢的，可是灯将会被雪花打熄，却使我非常懊丧。外公说："不要紧，我撑把大伞，你躲在我伞下面只管提，老五就拿火把，火把不怕雪打的。"

外公套上大钉鞋，五叔给我在蚌壳棉鞋外面绑上草鞋，三个人悄悄地从后门出去，到街上追上了提灯队伍。妈妈并不知道，她知道了是决不许外公与我在这么冷的大雪夜晚在外面跑的。

雪愈下愈大，风就像刀刺似的。我依偎在外公身边，一只手插在他的羊皮袴口袋里，提鼓子灯的手虽然套着手套，仍快冻僵了。五叔在我前面握着火把，眼前一长列的灯笼、火把，照得明晃晃的雪夜都成了粉红色。大家的草鞋在雪地上踩得咯吱咯吱地响。外公的钉鞋插进雪里又提起来，却发出清脆的沙沙声。我吸着冷气，抬头看外公，他的脸和眼睛都发着亮光。

"外公，你冷不冷？"我问他。

"越走越暖和，怎么会冷，你呢？"

"外公不冷，我就不冷。"

"说得对，外公六十八岁都不冷，你还冷？"他把我提灯的手牵过去，我冻僵的手背顿时感到一阵温暖。我快乐地说："外公，我真喜欢你。"

"我也真喜欢你，可是你长大了要出门读书，别忘了过新年的时候回来陪外公提灯啊。"

"一定的，等我大学毕业挣了大钱，就请四个人抬着你提灯。"

"那我不真成了土地公公啦？"他呵呵地笑了。

提灯队伍穿过热闹的街心，两旁的商店都噼噼啪啪放起鞭炮来。队伍的最前面敲着锣鼓，也有吹箫与拉胡琴的声音；闹哄哄地穿出街道，又向河边走去，火把与红红绿绿的灯光，照在静止的深蓝河水中；岸上与河里两排灯火，弯弯曲曲，摇摇晃晃地向前蠕动着。天空仍飘着朵朵雪花，夜是一片银白色，我幻想着仿佛走进海龙王的水晶宫里去了。忽然前面一阵骚动，有人大声喊："不得了，有人掉进河里去了。"

我吃了一惊，一时眼花缭乱。仔细一看，一直走在前面的五叔不知什么时候已经不见了，我拉着外公着急地说："怎么办呢？一定是五叔掉进河里去了。"

外公却镇静地说："不会的，他这么大的人怎么会掉进河里去呢？"

长龙缩短了，火把和灯笼都聚集在一起。在乱糟糟的喊声中，却听见扑通一声，有人跳进河里去。我不由得赶上前面，挤进人丛，看见一个人拖着一个孩子湿淋淋地爬上岸来，仔细一看，原来是五叔。他抱着一个比他小不了多少的男孩子，把他交给众人；我抢上一步，捏着五叔冰冷彻骨的双手说："五叔，你真了不起，你跳得好快啊。"

五叔咧着嘴笑，提灯队的人个个都向他道谢。说他勇敢，肯跳下快结冰的水里去救人。外公拈着胡须连连点头说："好，你真好，快回去换衣服吧。"

五叔先回去了。外公仍牵我跟着队伍，一直到把菩萨送进了庙里才散。那时将近午夜，雪已经停止了，空气却越来越冷。外公把伞背上沉甸甸的雪抖落了，合上伞，在我的鼓子灯里换上一支长蜡烛。灯光又明亮了起来，照着雪地上我们俩一高一矮的影子，前前后后地摇晃着。提灯的人散去以后，我忽然感到一阵冷清，心里想着最热闹的年快过完了，随便怎样开心的事儿，总归都要过去的。我没精打采地说：

"外公，我们快回家吧，妈要惦记了。"

回到家里，看见五叔坐在厨房里的长凳上，叔婆在给他烤湿漉漉的棉袄，妈正端了一碗热气腾腾的酒给他喝，说是给他去寒气的，这回他可以大模大样地喝酒了。

我连忙问他："五叔，你怎么有胆子一下就跳进这么冷的水里呢？你本来会泅水吗？"

"只会一点儿。那时我听见喊有人掉下水去了。我待了半天，忽然觉得前面的火把烧得这么旺，灯笼点得这么亮，这样热闹快乐的时候，怎么可以有人淹死在水里呢？我来不及多想，就扑通一下跳进水去。在水里起初我也很心慌，衣服湿了人就往下沉。可是我想到那个不会泅水的人快淹死了，他一定比我更心慌，我仰起头，看见岸上有那么多灯火，地上又是雪白的一片，我就极力往上看，往亮的地方看，那许多火把和灯光，好像给了我不少力气，我还是把那个人找到，拖上来了。"

"你知道村子里个个人都在夸奖你吗？"外公问他。

"我知道，从他们的脸上，我看得出来。"

"那么，把这碗酒慢慢地喝掉，喝得浑身暖暖的，以后别再喝酒了。"外公又端一碗酒给他说。

"我以后不再偷喝酒了，我要做个好人。"

"你本来就是好人嘛，外公说的，肯帮助人的就是好人。"我得意地说。

我的大红鼓子灯还提在手里，妈妈把它接去插在柱子上，又点起一支大红蜡烛，放在桌子正中，照得整个厨房都亮亮的。五叔望着跳跃的烛光，一对细长眼睛睁得大大的，他转脸对外公说："外公，我捧着火把跟大家跑的时候，忽然觉得灯真好，亮光真好，它照着人向前跑。照得我心里发出一股暖气，大家都在笑，都那么快乐，所以我也跑，跟着大家一起呐喊。我才知道以前不该躲躲藏藏的做旁人不高兴的事。外公，我以后再也不这样了。"

外公笑起来满脸的皱纹，外公好高兴，他的眯缝眼里发出了光辉。他摸着胡须说："好，你说得真好，我要好好给你扎一盏灯,赶着十五提灯去。"

"我也要。"我喊。

"还少得了你的!"

外公叫妈妈找来两块大红薄纺绸,又叫五叔帮他劈竹子,整整忙了两天,他真的扎出两盏玲珑的六角形红纱灯。每个角都有绿丝线穗子垂下来,飘啊飘的,下面还有四只脚,可以提,又可以摆在桌上。原来外公的手艺这么高,他的手一点没有不灵活,以前只是为了赶工,懒得扎就是了。

两盏红纱灯并排儿挂在屋檐下面,照着天井里东一堆西一堆的积雪,和台阶下一枝开得非常茂盛的腊梅花。在静悄悄中散布出清香。

五叔注视着那灯光说:"明天起,我给你抄《三国演义》。"

"别给我抄《三国演义》了,请老师教你读书吧,读一篇,你就抄一篇,你大哥书房里那么多的书。"

"老师教我读什么书呢?"

"《论语》,那里面道理多极了。"

"《论语》,老师都教我背过了,只是觉得没什么意思。"

"我一句句打比喻解说给你听,你就有兴趣了。"

五叔点点头。

正月初七已过,我的假期满了,必须回到书房里。外公叫五叔也陪我一同读书。我们各人一张小书桌,晚上把两盏红纱灯摆在正中长桌上。我虽眼睛望着书本,心里却一直惦记十五的提灯会。五叔经外公一夸奖,书念得比我快,字写得比我好。外公告诉我爸爸,爸爸还不相信呢。

　　十五提灯会，不用说又是最快乐的一晚。那个被五叔救起的男孩子特地跑来约他一同去。我呢，仍旧牵着外公的手，把美丽的红纱灯提得高高的，向众人炫耀。

　　提灯会以后，快乐的新年过完了，可是我觉得这一年比往年更快乐，什么原因我却说不出来。是因为外公给我与五叔每人做了一盏漂亮的红纱灯吗？还是因为看五叔在灯下用心抄书，不再抽烟喝酒，不再偷叔婆的钱了呢？

第一双高跟鞋

我的右脚踝已经扭伤，三年中扭伤过两次，如今每遇风雨阴晴，伤处便发生"气象台"作用，暗示我老之将至。这倒无所谓，伤心的是我再也不能常穿高跟鞋。除非是参加隆重典礼，平时我只得脚踏实地，一双平底便鞋，才得享受健步如飞之乐。

我非常喜欢高跟鞋，觉得它可以衬托出女性袅袅婷婷的风姿，尤其是中年妇人，即使淡妆素服，穿上一双玲珑美观的高跟鞋，就显得她容光焕发，青春长驻。

八岁时，我眼看隔壁张家大小姐做新娘，衣橱抽屉里一字儿排着八双红红绿绿、金光闪闪的高跟鞋，我就盼望自己快快长大，快快当新娘，而且要穿他一辈子的高跟鞋。我悄声问母亲行不行，母亲笑着点头答应我了。

那一年，阿姨从上海回来，网篮里抖出一打以上的高跟皮鞋，排在廊前晒太阳，我偷偷把脚伸在里面，踩跷似的在廊前走来走去，阿姨看见了说："你还太小，等当了中学生，我给你买一双漂亮的高跟鞋。"于是我的梦想可以提前实现，当中学生，只要等五年就行了。

长工阿荣伯，抽着旱烟管眯起眼睛，看我穿阿姨的高跟鞋过瘾，他忽然丢下旱烟管说："来，我给你做一双。"

他真的就给我做了一双，那就是我的第一双高跟鞋。阿荣伯会编竹篓，会做地陀螺，会雕木头菩萨，谁相信他还会做高跟鞋呢！

他在谷仓前面哈着腰忙了整半天，削出一双木头后跟，和廊前晒的那些一模一样。叫我向母亲要来一块花绸，把它们包起来，底上钉上橡皮，再把它们钉在一双崭新的布底缎鞋上，叫我穿上试试。我套进去站起来，脚板心好疼，可是我不说，一来怕阿荣伯失望，二来为了穿高跟鞋疼也值得。所以忍着疼走来走去，还弯腰给他作个揖，他高兴得哈哈大笑。

我穿了走到厨房里，跷起脚给母亲看，母亲笑出眼泪来，但是她说："快脱下来，这怎能穿，小心扭断了脚。"我只得把它收在人迹罕到的、四面镶五彩玻璃的花厅里，与小朋友们扮新娘的时候才穿。

有了高跟鞋，小朋友们都抢着当新娘，阿荣伯给我们打鼓敲锣，一双眼睛望着他的杰作高跟鞋格外的高兴。

我们扮了好几年新娘，去杭州时，阿荣伯把高跟鞋收在红木榻床抽屉里。他说："去外处读书，当了中学生，有真的高跟鞋穿了，这双放在乡下做纪念。"我拉着他粗裂的手说："阿荣伯，你也去杭州好吗？"他摇摇头，我看见他满是皱纹的脸颊上挂着泪水，但我没有哭，因为能去杭州实在太快乐了。

在杭州考取了中学，阿姨实行了她的诺言，给我买了双一寸七跟圆头大口有带子的大红高跟皮鞋，可是父亲不让我穿，说："当学生怎么可以穿高跟皮鞋。"我气得一脚把它们甩出去，一只皮鞋刚刚掉在阿姨的脸盆里，溅了她一脸的水，阿姨也生气了。我哭了一天，哭个半死。忽然想起阿荣伯来，写信把气恼统统告诉了他。阿荣伯不会写信，他叫他念小学三年级的侄子给我写来几个大字："不要哭，你回来时，我再给你钉双大的。"

我一直等高中毕业才回家乡。我从后门进去，老屋里冷清清的，母亲孤零零地在厨房里忙晚餐。她一眼看见我脚上穿的是一双漂亮的高跟皮鞋，安慰地笑了笑说："小春，你长大了。"她眼角的皱纹写出了她六年来的劳累。我脱下高跟皮鞋，把一双脚板平放在矮板凳上，一边吃着母亲给我做的枣泥松糕，一边和她聊天。母亲好几次提到去世的阿荣伯就拿手背擦眼泪，我却望着自己的大脚板出神，我不相信我长大得这么快，我也不相信阿荣伯会赶不及看我长大。

我跑到镶五彩玻璃的四面厅里，拉开红木榻床抽屉，那双土做高跟鞋还好好儿在里面，只是缎子颜色已旧，而且全是灰尘。我捧出它来，把灰尘一掸，伸脚一穿，却差了一大截，太小了。

第二天来了一群女友，她们都是当年穿过那双高跟鞋的新娘子。有的已经真的做过新娘，还抱了孩子。我们一同去阿荣伯坟上，点起香、上了供。我跪下来心中默默祝告："阿荣伯，我回来了。我已经长大，你从前给我做的高跟鞋已经穿不进去，可是你不能再给我做一双大一点的了。"

木鱼的故事

小时候，我只要又蹦又跳又笑的，外公就说："看你的嘴巴咧得跟木鱼似的。"我就会用小拳头敲着自己的两颊喊着："木鱼、木鱼，快快把肚子里的经典吐出来呀！"

木鱼肚子里怎么会有经典呢？看妈妈坐在佛堂里念经，用小木槌敲着木鱼，嘴里念得又快又好听，我就想到是木鱼把经都从它张着的大嘴巴里吐出来，让妈妈捡到了。

因为外公给我讲过木鱼吞经的故事：

唐僧去西天取经回来，走到一条大河旁边，一看没有渡船，正不知如何才能过去，却看见一条大鱼慢慢游向他来，张开大嘴和唐僧打招呼说："师父呀，您要过河吗？来，爬在我背上，让我背您过去。"唐僧惊奇地问："你这条鱼怎么会说话呢？"大鱼说"我修炼了好多年，已经快要得道成仙了，今天也是有缘，遇到您这位虔诚的师父。让我为您效劳吧。"唐僧非常感谢地伏在大鱼背脊上，双手紧紧捧着宝贵的经典，让它背着慢慢游向对岸。

游到半中央时，大鱼心里忽然想道："听说这些经典代表着最最高的智慧和福泽，唐僧千辛万苦向西天求来，如今全部都在我背上，如果我把这些经典统统吞下肚子去，我不就可以马上得道成仙了吗？"想到这里，大鱼完全忘掉开始是要帮忙唐僧的那番心意，就渐渐地把身体向河心沉下去，把唐僧整个淹没在水里。经典也纷纷散落在水中，大鱼就拼命张大嘴巴一本本把经典吞下去。正在这个时候，唐僧的徒弟孙悟空赶到了。他一把救起师父，又赶紧抢救经典。但是一大串已经被大鱼吞下肚子了。孙悟空愤怒地捉住大鱼，从耳朵里抽出金箍棒，使劲敲打它的肚子，大鱼忍不住痛，才把经典一本一本再吐出来，但是仍有一小部分没有吐得出来。孙悟空指着大鱼责备说："你这条大鱼，既愚蠢又有私心，哪里还成得了仙，悟得了道？现在罚你做条木头的鱼，一辈子在佛堂前面趴着，供善男信女们敲打，也好赎赎你的罪过。"

因此这条大鱼就变成了一条木鱼，摆在佛堂前的香炉边，和尚念经时用木槌敲着它的大脑袋瓜，要它把剩在肚子里的经典再吐出来。可怜的大鱼，只为一念之差，永远得忍受着枯涸和被敲打的痛苦。不知要经过多少亿万的敲打，才能抵得过它的罪孽呢？

外公讲完故事，又对我说：做好事、做坏事，都只在一念之间。大鱼原打算帮助人，由于一点自私心，反转成害人之心，实在太可惜了。何况天下哪有那么不劳而获的事，别人辛苦得来的成果，怎么可以占为己有呢？

木鱼吞经的故事，外公讲了又讲，我的嘴虽然咧得像木鱼，却不能像木鱼那么贪心呢。

看 咸 鱼

谁都知道，咸鱼是一种用盐腌过的鱼。切一小段，加点肉末一起蒸，或是用油炸一下，喷上糖醋，都是非常可口下饭的好小菜。我从小最最喜欢吃咸鱼了。节省的妈妈，总特地为我腌条大黄鱼，一小段一小段地用肉末蒸给我吃，一条大黄鱼，得吃上个把月呢。我每回都把又香又鲜的黄鱼、肉末和卤子都吃得光光的，剩下一段鱼的背脊骨在碗里。妈妈还要夹起来，放在嘴里啜呀啜的，还说鲜味都在骨髓里哩。

外公看妈妈啜得那么有滋味，他喷着旱烟说："小春呀，你不省点咸鱼给妈妈吃，吃太多了小心喉咙齁着哟。"

妈妈也笑笑说："可不是吗？下回只许她一顿饭吃半块了。"外公说："半块都太多了，下回只许她看咸鱼，不许她吃了。"

"怎么叫看咸鱼呀？"我奇怪地问。

"看咸鱼呀，让我讲给你听。"外公讲故事了："有对小兄弟，家里很穷，平常从来没有鱼吃。有一天，爸爸好容易捉到一条大鱼。妈妈就用盐把鱼腌了，挂在屋檐下。孩子们吃饭时，桌上光光的没有一样菜。妈妈对他们说：'儿子呀，你们有一条咸鱼下饭了。咸鱼就挂在你们眼前，你们俩吃一口饭，抬头看一下咸鱼，就把饭咽下去。'弟弟很听话，吃一口饭，看一眼咸鱼。哥哥却一连看了两眼才挖一口饭，弟弟喊着告状：'妈妈，哥哥看了两眼啰。'妈妈说：'你别管哥哥，哥哥不乖，多看一眼咸鱼，吃得太咸了，喉咙会齁着。'"

看咸鱼都会齁着，我听得笑弯了腰。妈妈说："这是穷人家的笑话，你该知道穷家孩子连一条咸鱼都舍不得吃，只许看看来下饭。你一大块咸鱼一顿就吃得精光，比起他们不是太享福了吗？"

我偏着头想了半天，想想那一对小兄弟，一定是并排儿跪在长板凳上，伸着脖子眼巴巴地看着咸鱼，直咽口水。心里好难过，我说："妈妈，明天我也要看咸鱼吃饭。""好，"妈妈说："我也给你在窗口挂条咸鱼。也不许看两眼哟！"

我咯咯地笑了半天说："但是，我不要挂着的咸鱼，我仍然要肉末蒸的咸鱼，摆在桌上让我看。"

外公大笑说："那就让你闻一下，挖一口饭吧！"

第二天，妈妈照样给我蒸咸鱼，我趴在桌子边上，又看、又闻、又吃，仍然只剩下一段鱼背脊骨。妈妈仍然放到嘴里嗺，一点也没怪我。

到今天，我还是爱吃肉末蒸咸鱼。每回把它端上桌子，总是闻上好一阵子，立刻觉得胃口大开。

如今我们家家都这般丰衣足食，大家讲究多吃菜，少吃饭。这道咸鱼蒸肉的下饭菜，一定上不了营养专家的食谱。可是我就是爱咸鱼。我吃着、闻着、看着，好像外公和母亲就坐在我身边，笑眯眯地看我大口大口挖着饭，吃得津津有味呢。

下雨天，真好

我问你，你喜欢下雨吗？你会回答说："喜欢，下雨天富于诗意，叫人的心宁静。尤其是夏天，雨天里睡个长长的午觉该多舒服。"可是你也许会补充说："但别下得太久，像那种黄梅天，到处湿漉漉的，闷得叫人喘不过气来。"

告诉你，我却不然。我从来没有抱怨过雨天。雨下了十天、半月甚至一个月，屋子里挂满万国旗似的湿衣服，墙壁地板都冒着湿气，我也不抱怨。我爱雨不是为了可以撑把伞兜雨，听伞背滴答的雨声，就只是为了喜欢那下不完雨的雨天。为什么，我说不明白。好像雨天总是把我带到另一个处所，离这纷纷扰扰的世界很远很远。在那儿，我又可以重享欢乐的童年，会到了亲人和朋友，游遍了魂牵梦萦的好地方。优游、自在。那些有趣的好时光啊，我要用雨珠的链子把它串起来，绕在手腕上。

今天一清早，掀开帘子看看，玻璃窗上已洒满了水珠，啊，真好，又是个下雨天。

守着窗儿，让我慢慢儿回味吧，那时我才六岁呢，睡在母亲暖和的手臂弯里，天亮了，听到瓦背上哗哗哗的雨声，我就放心了。因为下雨天长工不下田，母亲不用老早起来做饭，可以在热被窝里多躺会儿。这一会儿工夫，就是我最幸福的时刻，我舍不得再睡，也不让母亲睡，吵着要她讲故事，母亲闭着眼睛，给我讲雨天的故事：有一个瞎子，雨天没有伞，一个过路人看他可怜，就打着伞一路送他回家。瞎子到了家，却说那把伞是他的。还请来邻居评理，说他的伞有两根伞骨是用麻线绑住的，伞柄有一个窟窿。说得一点也不错。原来他一面走一面用手摸过了。伞主人笑了笑，就把伞让给他了。我说这瞎子好坏啊！母亲说，不是坏，是因为他太穷了，伞主想他实在应当有把伞，才把伞给他的，伞主是个好心人。在熹微的晨光中，我望着母亲的脸，她的额角方方正正，眉毛是细细长长的，眼睛也眯成一条线。教我认字的老师说菩萨慈眉善目，母亲的长相大概也跟菩萨一个样子吧。

雨下得愈大愈好，檐前马口铁落水沟叮叮当当地响，我就合着节拍唱起山歌来。母亲一起床，我也就跟着起来，顾不得吃早饭，就套上叔叔的旧皮靴，顶着雨在院子里玩。阴沟里水满了，白绣球花瓣飘落在烂泥地和水沟里。我把阿荣伯给我雕的小木船漂在水沟里，中间坐着母亲给我缝的大红"布姑娘"。绣球花瓣绕着小木船打转，一起向前流。我跟着小木船在烂泥地里踩水。吱嗒吱嗒地响。直到老师来了才被捉进书房。可是下雨天老师就来得晚，他有脚气病，像大黄瓜似的肿腿，穿钉鞋走田埂路不方便。我巴不得他摔个大筋斗掉在水田里，就不会来逼我认方块字了。

天下雨，长工们就不下田，都蹲在大谷仓后面推牌九。我把小花猫抱在怀里，自己再坐在阿荣伯怀里，等着阿荣伯把一粒粒又香又脆的炒胡豆剥了壳送到我嘴里。胡豆吃够了再吃芝麻糖，嘴巴干了吃柑子。肚子鼓得跟蜜蜂似的。一双眼睛盯着牌九，黑黑的四方块上白点点，红点点。大把的铜子儿一会儿推到东边，一会儿推到西边。谁赢谁输都一样有趣。

我只要雨下得大就好，雨下大了他们没法下田，就一直这样推牌九推下去。老师喊我去习大字，阿荣伯就会去告诉他："小春肚子痛，喝了午时茶睡觉了。"老师不会撑着伞来谷仓边找我的。母亲只要我不缠她就好，也不知我是否上学了，我就这么一整天逃学。下雨天真好，有吃有玩，长工们个个疼我，家里人多，我就不寂寞了。

潮湿的下雨天，是打麻线的好天气，麻线软而不会断。母亲熟练地双手搓着细细的麻丝，套上机器、轮轴呼呼地转起来，雨也跟着下得更大了。五叔婆和我帮着剪线头。她是老花眼，母亲是近视眼，只有我一双亮晶晶的眼睛最管事。为了帮忙，我又可以不写大小字。懒惰的四姑一点忙不帮，只伏在茶几上，唏呼唏呼抽着鼻子，给姑丈写情书。我瞄到了两句："下雨天讨厌死了，我的伤风老不好。"其实她的鼻子一年到头伤风的，怨不了下雨天。

五月黄梅天，到处黏漉漉的，母亲走进走出地抱怨，父亲却端着宜兴茶壶，坐在廊下赏雨。院子里各种花木，经雨一淋，新绿的枝子，顽皮地张开翅膀，托着娇艳的花朵冒着微雨，父亲用旱烟管点着它们，告诉我这是丁香花，那是一丈红。大理花与剑兰抢着开，木樨花散布着淡淡的幽香。墙边那株高大的玉兰花开了满树，下雨天谢得快，我得赶紧爬上去采，采了满篮子送左右邻居。玉兰树叶上的水珠都是香的，洒了我满头满身。

唱鼓儿词的总在下雨天从我家后门摸索进来，坐在厨房的条凳上，咚咚咚地敲起鼓子，唱一段秦雪梅吊孝，郑元和学丐。母亲一边做饭，一边听。泪水挂满了脸颊，拉起青布围裙擦一下，又连忙盛一大碗满满的白米饭，请瞎子先生吃，再给他一大包的米。如果雨一直不停，母亲就会留下瞎子先生，让他在阿荣伯床上打个中觉，晚上就在大厅里唱，请左邻右舍都来听。大家听说潘宅请听鼓儿词，老老少少全来了。宽敞的大厅正中央燃起了亮晃晃的煤气灯，发出嘶嘶嘶的声音。煤气灯一亮，我就有做喜事的感觉，心里说不出的开心。大人们都坐在一排排的条凳与竹椅上，紫檀木镶大理石的太师椅里却挤满了小孩，一个个光脚板印全印在茶几上。雨哗哗的越下越大，瞎子先生的鼓咚咚咚的也敲得愈起劲。唱孟丽君，唱秦雪梅，母亲和五叔婆她们眼圈都哭得红红的，我就只顾吃炒米糕、花生糖。父亲却悄悄地溜进书房作他的"唐诗"去了。

八九月台风季节，雨水最多，可是晚谷收割后得靠太阳晒干。那时没有气象报告，预测天气好坏全靠有经验的长工和母亲抬头看天色。云脚长了毛，向西北飞奔，就知道有台风要来了。我真开心，因为可以套上阿荣伯的大钉鞋，到河边去看涨大水，母亲皱紧了眉头对着走廊下堆积如山的谷子发愁，几天不晒就要发霉的呀，谷子的霉就是一粒粒绿色的曲。

母亲叫我和小帮工把曲一粒粒拣出来，不然就会愈来愈多的。这工作好好玩，所以我盼望天一直不要晴起来，曲会愈来愈多，我就可以天天滚在谷子里拣曲，不用读书了。母亲端张茶几放在廊前，点上香念《太阳经》，保佑天快快放晴。《太阳经》我背得滚瓜烂熟，我也跟着念，可是从院子的矮墙头望出去，一片迷蒙。一阵风，一阵雨，天和地连成一片，看不清楚，看样子且不会晴呢，我愈高兴，母亲却愈加发愁了。母亲何苦这么操心呢。

到了杭州念中学了，下雨天可以坐叮叮咚咚的包车上学。一直拉进校门，拉到慎思堂门口。下雨天可以不在大操场上体育课，改在健身房玩球，也不必换操衣操裤。我最讨厌灯笼似的黑操裤了。从教室到健身房有一段长长的水泥路，两边碧绿的冬青，碧绿的草坪，一直延伸到健身房后面。同学们起劲地打球，我撑把伞悄悄地溜到这儿来，好隐蔽，好清静。我站在法国梧桐树下，叶子尖滴下的水珠，纷纷落在伞背上，我心里有一股凄凉寂寞之感，因为我想念远在故乡的母亲。下雨天，我格外想她。因为在幼年时，只有雨天里，我就有更多的时间缠着她，雨给我一份靠近母亲的感觉。

星期天下雨真好，因为"下雨天是打牌天"，姨娘说的。一打上牌，父亲和她都不再管我了。我可以溜出去看电影，邀同学到家里，爬上三层楼"造反"，进储藏室偷吃金丝蜜枣和巧克力粒，在厨房里守着胖子老刘炒香喷喷的菜，炒好了一定是我吃第一筷。晚上，我可以丢开功课，一心一意看《红楼梦》，父亲不会衔着旱烟管进来逼我背《古文观止》。

稀里哗啦的洗牌声，夹在洋洋洒洒的雨声里，给我一万分的安全感。

如果我一直不长大，就可一直沉浸在雨的欢乐中。然而谁能不长大呢？人事的变迁，尤使我于雨中俯仰徘徊。那一年回到故乡，坐在父亲的书斋中，墙壁上"听雨楼"三个字是我用松树皮的碎片拼成的。书桌上紫铜香炉里，燃起了檀香。院子里风竹萧疏，雨丝纷纷洒落在琉璃瓦上，发出叮咚之音，玻璃窗也砰砰作响。我在书橱中抽一本《白香山诗》，学着父亲的音调放声吟诵。父亲的音容，浮现在摇曳的豆油灯光里。记得我曾打着手电筒，穿过黑黑的长廊，给父亲温药。他提高声音吟诗，使我一路听着他的诗声音，不会感到冷清。可是他的病一天天沉重了，在淅沥的风雨中，他吟诗的声音愈来愈低，我终于听不见了，永远听不见了。

杭州的西子湖，风雨阴晴，风光不同，然而我总喜欢在雨中徘徊湖畔。从平湖秋月穿林荫道走向孤山，打着伞慢慢散步。心沉静得像进入神仙世界。这位宋朝的进士林和靖，妻梅子鹤，终老是乡。范仲淹曾赞美他："片心高与月徘徊，岂为千钟下钓台；犹笑白云多事在，等闲为雨出山来。"想见这位大文豪和林进士徜徉林泉之间，流连忘返的情趣。我凝望着碧蓝如玉的湖面上，斜低的梅花，却听得放鹤亭中响起了悠扬的笛声。弄笛的人向我慢慢走来，他低声对我说："一生知己是梅花。"

我也笑指湖上说："看梅花也在等待知己呢。"雨中游人稀少，静谧的湖山，都由爱雨的人管领了。衣衫渐湿，我们才同撑一把伞绕西泠印社由白堤归来。湖水湖风，寒意袭人。站在湖滨公园，彼此默然相对，"明亮阳光下的西湖，宜于高歌，而烟雨迷蒙中的西湖，宜于吹笛"。我幽幽地说。于是笛声又起，与潇潇雨声相和。

　　二十年了，那笛声低沉而遥远，然而我，仍能依稀听见，在雨中。

我爱亮晶晶

凡是亮晶晶的东西，我都好喜欢。拉开抽屉，里面一定有几样小玩意，在一闪一闪地对我眨眼睛。别针、戒指、项链，全是水钻的，不值一文钱，我却把它们当钻石般宝爱着。不时取出来，放在手心，摸摸玩玩，自觉一颗心都亮晶晶起来。

其实不一定是水钻，任何发亮光的东西我都爱。亮晶晶给我一种飞升到另一个神仙世界的感觉。那是因为小时候我做过一个非常奇怪而美丽的梦。那时我才六七岁吧！有一个夜晚，我感冒发烧，爸爸坐在床边，一只温暖的大手覆在我额头上，在摇曳的菜油灯影里，我看见爸爸手腕上的夜光表，羡慕地问："爸爸，我发烧发多久了？"爸爸笑笑，把表取下戴在我细小的手臂上说："你自己看吧，多看看夜光表，烧就会退下去。"说也奇怪，看着表，听着滴答声，我就甜甜地入梦了。梦见一团五光十色的云彩，向我飘来，渐渐变成一团灿烂的球，越滚越近，把我转进光影里。只觉浑身一阵热烘烘的，出了一身大汗，醒过来时，烧真退下去不少。我觉得自己像神仙一般法力无边，能在黑夜里看见表上的长短针和一圈阿拉伯数字，心里真快乐。忽然又发现右手食指上套了一枚亮晶晶的戒指，那是我想了好久而妈妈不肯给我的钻戒，是真正的金刚钻啊。妈妈双手抱着我说："现在你生病，我的金刚钻戒指避邪气，戴上了，病就会被赶走。"我开心地想，生病真好，有爸爸的夜光表，又有妈妈的金刚钻戒指，以后还是常常生病吧。

偏偏病很快就好了，爸爸收回了夜光表，妈妈收回了金刚钻戒指。我顿时觉得自己暗淡无光，就越发想念梦中那个金光灿烂向我转来的一团云彩。

过新年时，妈妈为我做一件水红棉袄，大襟上缀一朵她自己用亮片串成的紫红牡丹花，亮丽的煤气灯照着我和牡丹花，在一群小朋友当中，我顿时成了骄傲的公主。大家都伸手来摸我大襟上的牡丹花，妈妈笑眯眯地说："你们好好儿读书，好好儿玩，我给你们一人做一朵。"不久，每个小朋友大襟前都开出一朵牡丹花，粉红的、水绿的、浅黄的，亮晶晶地闪到东又闪到西，我们是一群亮晶晶的小天使。

直到现在，我总喜欢在旗袍大襟上，或毛衣衣角上，缝上一点闪闪发光的小珠子。走在街上，看到商店橱窗里闪闪发光的饰物，就会停下脚步，呆看半天。眼前就出现那个金光灿烂的梦，和梦醒时手上的夜光表与钻石戒指，更有爸爸妈妈搂抱我的温暖手臂。

可是年纪渐渐长大了，缝亮珠的衣服不好意思再穿，只好把它们拆下来，和水钻别针戒指收在一起，或者把它们缀在洋娃娃身上。

　　我仍保留一件夏天穿的黑色绸上装，四方的领口上，用黑底银丝剩料子滚了一道细细的边，倒也淡雅有致。朋友们都夸我会废物利用，我也洋洋得意起来，穿着这件上装，自觉走路都亮晶晶起来。仿佛大襟上缝了妈妈给我做的亮片紫红牡丹花，我又回到小时候了。

不 倒 翁

　　小时候，我读书的伙伴有两个，一个是大我四岁的小叔叔，一个就是不倒翁。不倒翁穿着红短衫，白短裤，双手合拱在胸前，很正经的样子。浑身圆团团的，就只脑袋瓜有点尖。我说"尖头鳗"就是泥鳅，只会钻烂泥洞，没有名堂。小叔叔说"尖头鳗"念起来的声音，跟英文里的 Gentleman 很像，是十分君子风度的意思。当了君子，就不应该只会钻洞了。小叔叔跟乡村小学校长学过英文，脑筋又灵光，他用我们温州话调教我"鸭来河里游水""麻油拌螺丝"说快点就像说英文似的，逗得我笑痛肚子。母亲却说，"男人的头顶尖尖的，就是长寿相。彭祖公公的头顶是尖的。活到八百岁。"父亲笑笑说，"彭祖再长寿，还活不过陈抟呢。陈抟睡了一觉，醒来就是一千年。问起彭祖，早已经死啦，陈抟叹口气说：'我看彭老头儿的头顶尖尖的，是个短命相。'"所以母亲时常叹气说："长寿短命，也没个准儿，彭祖公公八百寿，陈抟一觉睡千年，世上有八百岁的短命鬼吗？"我对长寿短命没兴趣，就编起自己的歌来："不倒翁，尖头鳗，东边倒来西边歪，你吃面来我吃饭，大家吃饱一同玩。"老师说我编得太浅了，没有意思。打开教科书叫我念：

"不倒翁，翁不倒。眠汝汝即起，推汝汝不倒。我见阿翁须眉白，问翁年纪有多少。脚力好，精神好，谁人能说翁已老。"这当然有学问得多了。我边读心里边想："你"就是"你"，为什么"汝"呀"汝"的，多拗口呀？老师说那是文言文，文言文就得文绉绉地说"汝"，或者"君"。

那时我才七岁光景，老师就教我文言文了。我造了好多文言句子，老师都点头连声说"好，好"。中秋节，对着大月饼我就问："不倒翁，汝欲食月饼乎？"老师笑眯眯地掰了半个月饼给我，我望着盘子里另外半个说："不倒翁，饼大，当与君分食之。"老师故意装没听见，小叔叔趁机问："我可代不倒翁食之乎？"老师点了下头，半个月饼就被小叔叔吃掉了。不倒翁仍旧笑嘻嘻地望着我们。

小叔叔告诉我，念书的时候，要摇来晃去，摇出味道来，书才会朗朗上口地背得熟。我于是用手指头点一下不倒翁，念一遍，再点一下。不倒翁摇，我也摇，念书就不会厌烦了。老师说女孩子要稳重，不可以摇头晃脑。不倒翁是老人，老人才可以摇摆。我想起外公唱起诗来，头就画着圆圈地摇摆，非常快乐慈爱的样子。我但愿父亲也这样唱着诗摇摆，我就会像喜欢不倒翁那般的喜欢他，不会见了他直害怕了。

有一天下了课，我把不倒翁放在口袋里，小叔叔悄悄地从抽屉里捧出老师的算盘。我们跑到隔壁花厅里，把算盘反过来仰卧在滑溜溜的磨砖地上，再让不倒翁坐在里面。

我和小叔叔面对面远远蹲着，把算盘使力推过去，再推过来。不倒翁在里面像坐火车，抖着、摇着，不知道他是舒服还是害怕，我们却玩得好快乐。正笑得前仰后合，忽然老师来了，他生气地一把拿起算盘，不倒翁砰地一下跌落在砖地上，裂成两半，里面的重心石也掉出来了。我一看，哇的一声大哭起来。老师也感到很抱歉，连忙说："我去城里再给你买一个回来。"我跺脚哭着说："我不要，我不要，我就是要我自己的不倒翁。"小叔叔也哭丧着脸，把两半的破片捡起，一声不响地走了出去。当天晚上，我睡觉时，还是吵着："我要我的不倒翁嘛。"不知为什么，好像不倒翁和我有着同甘共苦难解难分的一分情谊。母亲温和地对我说："小春，不要这样，老师心里会难过，他不是故意把不倒翁砸破的，他买个新的给你，你就要一样地喜欢他，他就会变成你心里原来的不倒翁了。凡是已经破损了的东西，没法挽回，你就不要老是懊恼，要用快乐的心，迎接新的。我知道你会喜欢新的不倒翁，你只不过是执拗地要那个原来的。"

母亲的话一点不错，老师第二天就买了个新的不倒翁给我。比旧的漂亮多了。头上戴着瓜皮帽，身上穿着黄马褂，很有学问的样子。最高兴的是小叔叔把破的两片合拢来，用丝线扎牢，他依旧地摇来晃去，笑嘻嘻地望着我们。我把两个不倒翁并排儿放在书桌上，这个点一下，那个点一下，看谁摇得久。小叔叔若有所思地说："两个不倒翁，在我们心里就是一个，你觉得呢？"

我歪着头想了半天，不大懂他的话。看看新的，再看看旧的，我都那么喜欢他们，也觉得两个不倒翁就是一个了呢。

我心里有一只可爱的狗

　　我的好几家邻居都有狗，每天清早或傍晚，看他们每人手牵一只，在巷子里散步。狗有大有小，有黄、有黑、有白，各色品种，各样神情。但是蹦蹦跳跳，跑到哪儿都要撒点儿尿，却都是一样。我看他们边走边喊狗的名字，又骂又疼的样子，真叫人羡慕呢。可是我不能养狗，一来是住公寓，狗叫起来怕妨害邻居的安宁。二来我太忙，有事外出时，它会感到寂寞。所以我只好看看别人的狗，摸摸它们，就算望梅止渴了。

　　有一次，我看到巷子转角处的老鞋匠身边卧着一只狗，又瘦又老，可怜兮兮的。我问他："这是你的狗吗？"他说："不是的，是附近一家的狗，它名叫哈利。可是主人不爱它，白天都不让它回家，所以我就喂它了。"我蹲下去摸它，它一对无精打采的眼睛望望我，又趴下去睡了。

　　我心里好难过啊。到了晚上，老鞋匠收摊回家，哈利也只好回到主人家中，虽然主人不爱它，它还是要替他看门呀！我觉得狗的命运，也有幸和不幸。有的主人那么爱它，有的却是如此地冷落它。狗若会说话，一定也有一肚子的委屈呢。

记得好多年前，我的房东有一只矮矮胖胖的狗，性情非常温驯。房东说它已经八岁了，和人类相比，等于已经过了中年。可是它蹦跳活泼起来，像只小狗。我们一见面就成了好朋友，它自己的主人除了喂它饭，从不和它说话，养它只为看门。我就索性接管过来，喂饭、洗澡、散步都归我。我在家时，它和我寸步不离，我外出时，它一定送我到公车站，我好高兴自己轻轻松松地就收养了一只狗。没想到有一个冬天的夜晚，它送我外出，我回家时却不见它蹦出来迎接，就此无影无踪地消失了。房东说一定是附近卖香肉的把它捉去烧了香肉。他说这话时，好像一点也不难过，我却眼泪忍不住扑簌簌落下来。都是我不好，我不应当让它送我的。从那以后，我决心不养狗了。

可是现在看到别人有狗做伴，我不禁又想养了。如果搬到一幢平房，有前后院的话，我一定要养一只最最可爱的狗。我不要什么名种狗，只要小黄、小黑、小白等等的土狗就行了。只要我和它相依相守，它就是一只世界上最最可爱的狗了。我会叫它弟弟或妹妹，对它称自己为妈妈。我会从它单纯的声中分辨出来，它究竟在对我说什么，我们会用狗语交谈呢。

人总是有时会有点小小不快乐，或感到寂寞的，当你不快乐或寂寞时，狗就是你最好的伴侣。它会脉脉含情地望着你，忠实地守着你，为你分担忧愁。

我多么盼望这只可爱的狗快快来到我面前，可是现在它在哪里呢？也许它还没有出生，也许已经在一个什么地方，等着我去抱它了。每回我走近狗店，伸手去摸笼子里挤在一堆的小狗时，每只小狗都会来闻我的手，呜呜地叫着，仿佛在对我说：
"收养我吧，把我抱回家吧！"可是我仍然忍心地走开了。因
为我暂时还不能养狗，等到有一天，缘分到来，一定会有一只
矮矮胖胖的小狗，摇摇晃晃，走进我的怀里，那就是我心中的
爱犬了。

虫虫找妈妈

我现在住的是公寓一楼，前后院没有老榕树。但是我好怀念二十年前，住在公家宿舍里的时候，篱笆院角那棵好老好大的榕树。那时我的儿子楠楠才三四岁，夏天的傍晚，他总记得帮我搬张小竹椅，迈着矮胖腿儿，摇摇摆摆地走到大榕树下，坐下来乘凉。大榕树的枝丫像手臂似地撑开来，上面有很多很多像藤萝似的柔条垂下来。楠楠就喊："看，大树长须须。"我说："可不是吗？大树老了呀。"他又说："爸爸妈妈老了长须须，楠楠老了也长须须。"

他在树下走来走去，小脚丫踩在高低不平的树根上，再蹲下来仔细地看。嘴里念着："虫虫。"原来他又看到大蚂蚁了。老榕树下好多大蚂蚁啊！一串串地在爬行。他把所有会爬会飞的都叫虫虫，连小麻雀也叫虫虫。他伸出小手去捉蚂蚁，我喊："楠楠，不要抓它们，它们要回家，回家找妈妈，你把它们捏死了，它妈妈会哭啊。"他连忙缩回手，仰头望着我问："虫虫找妈妈呀！"我点点头："哦，虫虫找妈妈。"从此他记住了，永不再伸手捏蚂蚁。还不时把饼干屑撒在地上给它们吃，守着它们搬回窝去。

爸爸走过时，他就喊："不要踩到，虫虫找妈妈。"他一脸的憨厚，使我想起自己幼年时候，跟着哥哥顽皮捉虫虫的情景。有一次捉知了（蝉儿），挨了母亲一顿打，到现在好像手心还在疼呢！

哥哥比我大三岁，顽皮透顶，却是胆大心细。他每回捉蝉儿、蜻蜓、蝴蝶等，都是手到擒来，不用任何工具。夏天的午后，蝉儿在高树的浓荫里唱着自己的歌。他悄悄爬上树去，一下子就捉到一只。我站在树下等着，心里又怕又想看。他跳下地，把手中的蝉儿仰过来，在它脖子底下肚子上轻轻搔着，蝉儿就挣扎着叫起来。可是和在树上的唱歌完全不一样，一定是很害怕或很生气吧。可是哥哥就是这般捉弄够了，才又把它放走。有一次，却不小心把它玻璃纱那么薄的翼子弄碎了。它不能飞，只在地上困难地爬着，身子在发抖。恰巧母亲走来看见了。她好生气，扬起手就打了哥哥两记耳光。把我的手也拉过去，重重打了三下。严厉地说："记住，再不许捉弄蝉儿，你听它在树上知了知了的唱得多快乐。蜻蜓、蝴蝶在花儿中间飞来飞去多自由！为什么要捉它们？如果把你们的手脚绑起来或折断了，你们痛不痛？害怕不害怕？"哥哥恭恭敬敬地垂手站着，却用眼睛偷看我。我觉得好冤枉，心想我并没有爬上树去捉蝉儿呀，妈妈为什么连我也打在里面呢？可是眼看地上碎了翼的蝉儿，不会再飞，心里又好难过。眼泪不由得流下来，不知道是因为自己挨打委屈而哭呢？还是为了那只受伤的蝉儿担心。母亲把蝉儿小心地捧起，放回树枝上，免得被人踩到。

我把这故事讲给楠楠听，他显出满脸的忧伤，想了一会儿，问道："妈妈，那个虫虫，后来有没有找到妈妈呢？"

我茫然地摇摇头，又连忙点点头说："我想它一定找到妈妈了，因为它没有再掉下来。"楠楠这才放心了！

我揉揉自己的手心，想起当年母亲重重地打了哥哥和我，她自己的手掌心不是一样的疼吗？

过 新 年

我的儿子从远方来信说："妈妈，快过农历新年了，我好想家啊。在异乡异土，才感到家的温暖，才体会到您的爱，才怀念您亲手做的年菜多么香！以前在家里过年，您越是忙里忙外，我越是趁机溜出去找朋友聊天。现在才知道金窝银窝，不及自己家的草窝。等我有一天回来过年，一定寸步不离地陪在您身边。"念着信，我的眼睛模糊起来了。我想念他一个人在异国，现在那边正是天寒地冻，他的衣服够不够穿呢？早出晚归自己做饭食，吃得饱吗？每年过年时，他最爱吃带有五香味的腊肠，现在谁给他做呢？每年大除夕祭祖时，他都帮我摆桌椅、点香烛、放鞭炮。如今他长大了必须远离，自己谋生，我们又怎能阻止他呢？

我边念他边想起自己幼年时，每回过年都因贪吃零食而生病，害母亲着急。长大以后，上了中学，过完春节就要辞别母亲去上学。母亲总要装满满一盒干菜饼，一盒枣泥糕，给我带去分给同学们吃。临行时，我摸着口袋里圆滚滚的压岁钱，低着头走出大门，连说一声"妈妈您多保重"都不会。一心只惦记到学校可以见到同学，可以大吃大谈。直到在寝室中打开箱子，摸着母亲给我一针针缝补好的毛衣棉袄，取出香喷喷的干菜饼和枣泥糕，才止不住眼泪一颗颗掉下来，马上拿起笔来写信："妈妈，一到学校，立刻就想您啊！"边写边哭，心里好后悔在家时没多陪陪母亲，只顾自己看小说。

如今想起来，才知道做儿女的永远不会体谅母亲的辛劳，除非自己做了母亲。我手里捏着儿子的信，念了一遍又一遍，于是坐下来写回信："你出了远门，我们好冷清。祭祖时，我们代你斟了酒，向爷爷奶奶、外公外婆祝告，保佑你平安。但愿你早早回家，全家团聚过新年。你就是一点忙不帮，我也不怪你。因为，只要你回家了就好。"

还有好多好多的话，重重复复的写也写不清楚。相信每个母亲，给儿女的信都是这样唠唠叨叨的写不清楚。

我不禁想起很早很早以前，写的一首诗：

过新年了，我好快乐。

可是妈妈为什么流泪？

"是灶孔里的烟熏的。"妈妈说。

饭菜摆在外婆的照片前，

妈妈在擦眼睛，

我才知道，妈妈哭了。

叮叮当当的压岁钱，放在枕头下，

我做着快乐的梦，

妈妈在我耳边说：

恭喜新年，你又长大一岁了。

我睁开惺忪的睡眼，
望见妈妈皱纹里的笑。
我说：恭喜新年，但是
妈妈不要长大。

小天使的翅膀

小天使的翅膀被我碰断了，我好懊恼啊！

事情是这样的，昨天晚上，我正在看书，电灯忽然熄了。我连忙摸黑找到一根红蜡烛，又去摸我那心爱的小天使蜡烛台，一不小心，撞到了桌角，她的左翅膀碎了，我只想哭。一忽儿电灯就亮了，我捧着小天使，抚摸着她的伤痕，整个晚上，什么事也不能做了。

小天使蜡台是一位好友送我的。去年冬天，我小心翼翼地把她远从美国带回来。一直站在我书桌上，陪我读书写稿。她是陶瓷做的，一张胖团团的脸，一对笑眯眯的眼睛，米色的衣裙，翠绿的长背心，双手在胸前合抱着一本大红封面的书，很有学问的样子。一对翅膀张开，随时向我飞来。她不像另外许多小天使那么玲珑乖巧，却是端庄笨拙得逗人疼爱。尤其是在她头上的花冠，镶一粒钻当中就可以插蜡烛。

我看书看得眼睛酸痛，写字写得手臂乏力时，就会放下书和笔，呆呆地和小天使对望。她好像在对我说："和我说说话吧，别老是抿着嘴低着头的，我也好冷清呢！"我就把她捧在手心，摸摸她，亲亲她。这时我心里想念的就是远在美国的那位好友。

好友跟我一样，也是个小玩意迷。她住的地方比较乡间，每星期六，附近邻居都摆出旧货摊来。她每次都去慢慢儿一摊一摊地逛。每次都买点可爱的小玩意小摆饰回来。花的钱很少，美金几角钱就可买到很精巧的小东西。这个小天使，她就是只花一毛五买的，合新台币才四块钱不到。可是她把小天使特地送给我的这份情意，却是万万分深厚的。她说愿小天使令我忘去忧愁，笑口常开。我是多么感激啊！

她住宅附近还有一家旧货店，是学校老师和学生家长的联谊会办的，家长们把半新旧的东西捐到这里，标十分之一的最低价，卖出来的钱，作为学校的儿童福利基金。这里的东西可说应有尽有。我去看她时，她带我去逛了两次，也是满载而归，碗碟、衣服、书籍、玩具，带回家后一样样慢慢儿欣赏，真是其乐无穷。觉得这种"你丢我捡"的大贱卖，发挥了物尽其用的最大效果。我们都感到逛旧货摊或旧货店，自己就变成了大富翁，看到喜欢的都可以买，不必担心荷包里钱不够。不像走进豪华大公司，对着玻璃橱窗里金光闪闪的小摆饰，只好干瞪眼，因为那标价就把你吓一跳。所以逛大公司是参观，跟逛博物馆似的，从没占为己有的心理，也蛮轻松的。

我真羡慕那位好友，每星期都可以享受一次逛旧货摊的乐趣。她说有的是为了搬家，东西不方便带，只好卖掉，有的是长辈去世了，儿孙们就把他们的东西卖掉，这就使人听了很伤心。我们中国人是多么重视长辈留下的纪念物啊！美国人是比较重实际的。但也不能怪他们，房子空间有限，旧东西堆不下也实在没办法。我的朋友买了小玩意,总是随买随送人,她说"买的时候就有一分快乐了,何必紧紧地捏着不放,应该把快乐分给别人,我自己心中的快乐就增加了一倍。再说,也免得将来儿孙为我撒清陈货的麻烦。"她这话是笑眯眯地说的,但我听了却有点感伤。

回国以后,我也把自己买的小玩意分赠朋友,把快乐和人共享。可是她送我的小天使,我却当宝贝般的爱惜着。偏偏她的翅膀被我碰碎了一截。碎了就是碎了,一点也无法补救,我好伤心好抱歉。只得把一盆万年青靠近她摆着,让浓浓绿绿的叶子遮住她的伤口。可是小天使一点也没有生气的样子,她依旧是一张胖团团的脸,笑眯眯的一对眼睛望着我,好像在对我说:"别难过,我只有一只翅膀也会飞。即使两只都没有了,也一样地飞。因为在我心中,世界上没有残缺,只有完美,我的翅膀是折不断的。"

海豚回家

在电视里看到一个节目叫《海豚回家》，报道我们的渔民，在澎湖外海捉到很多很多的海豚。训练中心想把它们训练成能表演节目的"演员"，在澎湖和野柳开辟海滨游乐场，供人赏玩。他们留下一部分海豚开始训练，将八只比较不能适应的仍旧放回大海中。我看到这里，心中好高兴。因为我觉得尽管海豚是那么的温驯，尽管训练人员是那么和善地对待它们，我还是希望它们自由自在地悠游在大海里。偶然游到岸边和人类打打招呼、做做朋友，不要被人类利用，作为赚钱的工具，每天一遍又一遍地表演着重复的节目，吃得再现成，住得再舒服，那个划定的天地究竟没有海那么广大。日子久了，它们恐怕会忘记大海是什么样子。到年纪大了，又怎么处置它们呢？再回到大海，还能适应吗？

我旅居美国时，曾去夏威夷、佛罗里达和加州的圣地亚哥游玩，看过好几次海豚表演。啊！它们真是聪明、乖巧，热心地表演各种技艺，它们跳跃起几丈高，用鼻尖去顶一个球，在空中花式翻身，在水面竖直起来"行走"，或是让人站在它背上滑水，它们的叫声是那么娇柔悦耳，好像小孩子向母亲撒娇，观众们一次一次欢呼拍手，它们一定感到很兴奋很光荣吧。但我忽然想，它们如果心里不高兴不想表演时，是不是也可以休息一下，或回到大海去玩玩呢。住在有篱笆拦起来的地方，每天等着吃现成的比较省力呢？还是在大海中自己找寻吃的比较有意思呢？我不是海豚，不知道它们心里怎么想。但有一点是可以确定的，就是人类是在利用它，并不是真正爱它。

生物学家说，海豚是一种对人类最友善的动物，它愿意帮人类做事、通信、找寻东西、领航。有时还拯救人的生命。这一类的纪录片，我在国外看过好多，看它们游到人身边亲昵地叫着、跳着，又高兴地远远游去，心中真是感动。真愿这个世界处处都呈现互相信赖合作的现象，不要彼此残杀。可是人类究竟比动物聪明诡诈，常常利用它们的善心而欺骗它们、杀害它们。拿它们的躯体卖钱，这样遭殃的海豚不知有多少啊！

比如貂吧！也是最仁慈的动物，捉貂人因此故意赤着上身卧在冰天雪地中引诱它。貂群来了，带头的家长伏在人的胸口上，其他的貂团团围住他，给他温暖。可是狠心的捉貂人一把攫住胸口的貂，全家族的貂，竟一个也不逃跑，愿意守在一起同归于尽。尾巴衔尾巴被捉貂人一网打尽。剥取它们的皮毛，杀害拯救他性命的貂群。这个故事好悲惨，比起利用海豚表演赚钱残忍千万倍了。我把这故事说出来是想提醒自己，对动物要仁慈，动物也有灵性，它们一样有喜怒哀乐啊。

所以这次看到《海豚回家》这个节目，心里很感动，但愿天地间每一样有灵性的东西，都能享受充分的自由。

那只小老鼠呢

我客居纽约时，发现厨房的旧烤箱里躲着一只小老鼠，时常从小破孔里像箭一样地射出来，飞速地兜一圈，又飞速地从小破孔窜回烤箱。那时正是隆冬天气，外面雨雪纷飞，天寒地冻。我实在不忍心把小老鼠从墙洞赶出去，就抓点花生、黄豆放在烤箱里给它充饥。它就在里面嗦嗦地吃起来。就这样，一天天的，久而久之，我们竟成了好朋友。屋子里多一个小生命陪伴，我就不觉得寂寞了。我一个人看书做事的时候，不管白天夜晚，它都大摇大摆地爬出来，在我脚边绕一圈，然后远远地蹲着，一对黑眼睛一眨一眨地望着我，我就知道它一定是肚子饿了，向我讨东西吃。我笑着骂它："你这个小捣蛋啊！看我搬走了，谁管你？不被人打死才怪呢！"

我终于要回国了。整理行李的时候，一边忙乱，一边心里挂记小老鼠："好可怜的小老鼠啊！以后谁喂你花生米黄豆呢？谁会允许你住在破烤箱里呢？"我忽然把心一横，索性停止再喂它，让它早点离开。可是有一天，它竟然跳到我脚背上吱吱吱地叫。我好不忍心，低声对它说："小老鼠，我要回到自己的国家了。我在这里是作客，你在这里也是作客，你如有别的地方可去，还是到别处去吧。"

它好像懂我的意思，无精打采地绕了几圈就回烤箱去了。那两个晚上，我硬是没有再喂它，也没有听到它嗦嗦的声音。我心里又有点像失落了什么的感觉。究竟我们相伴有一年多了，就算是人人都讨厌的老鼠，也是有情有义的小生命啊。我原打算托付楼上房东的小男孩，可是一想不行，因为他的母亲一定会用捕鼠器捉它，那不是太残忍吗？我只好在心里默默地祷告："聪明的小老鼠，天地很大，你快点到别处去吧。你看前面草坪上的松鼠，多么灵光，总是在光天化日中来来去去，在垃圾箱里找食物，绝不在哪一家停留下来，你若住在这只破烤箱里不走，一定会招来杀身之祸啊。"如此过了两三天，没有它的动静了。我的心也渐渐安定下来。可是当我有一天打开一只整理好的纸箱时，发现小老鼠竟然躲在里面，仰起头来吱吱吱地朝我叫。我又急又好笑，它居然想以纸箱为窝，随我一同回台湾呢。我只好双手把它捧出来，对着它尖尖的小脸，温和地对它说："你不能跟我回台湾，你没有入境证，进不了口呀。"我把它装在一个匣子里，送到老远的山坡地放了。并且将烤箱靠墙外的破洞堵塞，免得它再来。可是冬日的寒风凛冽，它一定彷徨在旷野地里，无家可归，但我又有什么办法呢？

我回国已经一年多了，每到夜深人静之时，就会想起在异国陪伴我的小朋友，那只乖巧的小老鼠。不知去年冬天，它是怎么过的。美国的冬天好冷，常常积雪好几尺呢。小老鼠，你还能平安地活着吗？人类总说老鼠是害虫，见了就当扑灭它，饲养老鼠尤其是不合卫生。可是老鼠也是生命啊，它难道没有生存的权利吗？我不禁在心里低低呼唤："小老鼠，你在哪里呢？"

捉　惊

在变换季节的天气，忽寒忽暖，一不小心，就会感冒风寒。如今医学发达，各种治感冒的药，不必医师处方，随处药房都可以买到，服上几天也就好了。在我们那个古老时代，可没这么多种红红绿绿的止咳药水、退烧药丸。要想看西医，就得跑几十里路去城里挂号。在乡下人来说，可真不简单。所以小孩子有点小病小痛的，都是长辈们各显神通自己治。我小时候最容易伤风停食，因为我贪吃，又爱边吃边在风地里跑，每回伤风都是来势汹汹，母亲急得手忙脚乱，如果给我灌了午时茶，浑身擦过生姜汁仍退不了烧的话，母亲就会想到"捉惊"那一招了。

什么是"捉惊"呢？病人又为什么要捉惊呢？原来，"捉惊"是一种"法术"。凡是小孩子野得太厉害，忽然病了，大人们就说一定是冒犯了哪一位土地公公，或是碰到了喜欢捉弄人的小鬼，给你吃点小小的苦头，让你发高烧，浑身打哆嗦。那就非得请人来念一套咒语，施一套法术，把所受的惊给提出去，病才会好。

那一次我也是发高烧，浑身打哆嗦。母亲用自己的额角在我额头上碰一下，我只觉得她的额角凉凉的，就知道一定烧得不低。那时没有体温计，测量体温全靠这样额角碰额角试出来的。母亲这一试，就决定要请姑婆给我捉惊了。我迷迷糊糊中一听说姑婆要来，心里就高兴起来，因为姑婆好疼我。她来了就会一直坐在我床边，讲山乡地方奇奇怪怪的故事给我听。还有，她不像母亲那样不准我病中吃这吃那，她总是偷偷地喂我半碗蜜糖稀饭，不让我小肚子饿得咕噜咕噜地响。

那天姑婆很快就来了，她迈着小脚，走到我床边，捧着一碗米，嘴里咕哝哝念念有词。念完了，把我贴肉衬衫脱下来，蒙在饭碗上，放在我胸口，又轻声念起"经"来。我听不懂"经"，但姑婆的声音像唱歌，实在好听，她边念边用双臂把我连被子搂得紧紧的。母亲帮着抱住我的双脚。我只觉浑身火烫，是一种好舒服好安全的烫，身子像腾云驾雾似的飘飘荡荡，迷迷糊糊，渐渐地就睡着了。醒来时一身大汗，见姑婆和母亲仍旧紧紧搂着我。母亲看我睁开眼来，就用毛巾给我擦额上的汗，姑婆连声说："好了，好了，惊已经捉掉了，等汗收干，烧就退了。"我真的觉得舒服很多，问姑婆："你怎么知道惊已经捉掉了呢？"姑婆说："热退了，就是惊捉掉了。"我又问："惊是什么样子的呢？"姑婆捏了下我的扁鼻子说："我也没看见惊是什么样子，不过他一定是从你鼻孔里跑出去的。"

我咯咯地笑起来，又央求姑婆给我喝点蜜糖稀饭。母亲这回倒不坚持了，竟给我端来一小碗西湖白莲藕粉。说是父亲从杭州寄来的。姑婆连忙接过手来，一匙一匙地喂我，啧啧地说："真香，藕粉止咳又清肺，比什么药都好。"我说："姑婆，你也吃两口呀。"母亲说:"我已经另外冲了一碗给你姑婆了,姑婆的法术就跟神仙一般。"我眯着眼睛看姑婆,她圆圆的脸,方方正正的额角,真的像神仙呢。

现在想起来,所谓的"捉惊"其实就是祛风寒的方法。念咒语的美妙声音,听来就是催眠曲。那碗米放在胸口,只是让我心思集中,身子别动,被慈爱的姑婆和母亲紧紧地搂在怀中,是多么的快乐和安全。睡一个觉,出一身汗,烧自然就退去了。她们认为土地公公给我的惊自然被捉去了。

想想一个人,一生真不知道要经过多少大大小小的惊险。没有长辈可以依赖时,就得自己镇静下来,不要忧愁,不要恐惧,用自己的机智和毅力,把身体里所受的惊给捉出去,你就能永远保有健康的身心了。

坑姑娘

走在宽阔的红砖人行道上，或在公车站边候车，你总会看到地摊上摆满了各色各样可爱的玩具。上了发条就会蹦跳的小狗小猫，一按钮就会打鼓的猴子，上电池的迷你风扇，微风刚好吹在你的鼻子尖上，凉飕飕的。还有胀鼓鼓精神百倍的大象、大熊、洋娃娃等。我常常呆看得忘了过马路或搭车。恨不得拣几样心爱的买回家。但我已偌大年纪，孩子也超过二十岁了，买这些给谁玩呢？我悄悄地在心里对自己说：还是给我自己玩呀！真的，我好爱玩具和各种小东西。从美国带回的娃娃和小熊，我都给他们织了毛线鞋帽穿戴起来，坐在沙发靠背上，不时捧在手心抚爱一阵，他们像在对我说话，我心里就不感到寂寞了。因为和他们谈天，使我想起小时候，我们每个小朋友自己做的小娃娃——坑姑娘。

为什么叫她坑姑娘呢？说来真是有趣。乡下的茅坑很多，茅坑是多肮脏的地方呀！据说偏偏越是脏的地方，反倒会出现一些像神仙一般美丽的小姑娘。她们神出鬼没地和过路的行人捉迷藏，捉弄你，也和你做朋友。又据说坑姑娘只有一条腿，蹦跳起来却非常快。其实谁也没有真正见到过坑姑娘，所以我们就凭着自己的想象做。摘下四五寸长的树枝当坑姑娘的身躯，两只撑开的手臂，和一只三寸金莲小脚。用浅粉红棉布包一个圆脸，画上眼睛鼻子嘴巴。衣服是用零碎花布别出心裁缝的，套在身上，衬着小脸，真像个标致的小姑娘呢！手巧的小朋友，会给她缝好几件花布衫，时常替换。我们都把自己心爱的坑姑娘，小心翼翼地放在纸盒里，带到朋友家和她们的坑姑娘会面谈天。坑姑娘自己不会说话，我们都代她说。说了彼此候的客气话后，就开始摆家家酒请她们吃饭，边吃边代她们谈天。报告几天来的生活情况啦，看了什么戏文啦，听了什么鼓儿词啦，哪一天偷吃了妈妈做的酱鸭啦，哪一天又看见小叔叔和表姨在橘园里肩并肩坐着唱小调啦。说得一个个小朋友都哈哈大笑。我们好像听到坑姑娘也在笑。其实坑姑娘只是静静地靠在桌子边，听我们代她讲故事。

有时候，顽皮的坑姑娘会忽然不见了。你放心，过一两天，她就会回来的。那是小朋友们彼此恶作剧，把别人的坑姑娘藏起来，说是她遁回茅坑里去了。过一阵子再出现时，常常是东家的坑姑娘跑到西家，西家的跑到东家了。

妈妈却常常对我们说，坑姑娘是最最诚实的小仙女，不喜欢捉弄人，她性情又温和，要我们好好照顾她。她若是发现我们没有真情真意爱她，就真的一气不回来了。所以我们对待坑姑娘都诚诚恳恳的，格外细心周到。和小朋友们聚会，代她们谈天时，声音都放得特别温柔，字眼也用得很文雅。在坑姑娘的彼此交际中，我们学会了如何讲有趣的故事，学会了女孩儿家的许多礼数，也学会了缝制小衣服和照顾小伴侣的耐心。这都要感谢美丽而且诚实的坑姑娘给我们的灵感。

外公说，听起来看起来很脏的地方，有时却会磨炼出一颗高洁的心灵。所以到今天，我仍在怀念我们的坑姑娘呢。

捺窟

当我的孩子做起事来马马虎虎，还边做边喊："妈妈，快来帮我一下忙。"我就会笑骂他："你呀，一个人吹箫，还得一个人替你捺窟。"这话是什么意思呢？原来这是我家乡的一句土话。"捺窟"就是"按孔"的意思。一个人吹箫，还得一个人按孔，就表示一件工作，原应当一个人做的，却要人帮忙，就是笑这个人太懒惰，依赖性太重。你想，哪有连吹箫都要别人代你按孔的？那明明就是不会吹箫嘛！

这句有趣的比喻，是我母亲当年最爱说的，所以我牢牢记得。直到今天，仍在我家庭中流行着。我有时忙不过来，也会喊："楠楠（我儿子的名字），快来帮我捺一下窟吧。"遇到他高兴时，也会慢吞吞地过来，笑嘻嘻地说："妈妈，你的箫吹得太快了，我替你捺窟都跟不上呢。"他说着，比画比画就跑了。到最后还是我自己吹箫，自己捺窟。本来嘛，一件事原当一个人一贯作业完成的，要别人插手帮忙，也是很难的。

想起我母亲，她是位最最勤劳的乡村妇女。每天一大早，鸡蛋黄色的太阳脸儿还没伸出山头呢，她早已轻手轻脚地起床，摸黑到厨房，点起黄豆大的菜油灯，淘米升火煮饭烧茶。把什么都做好了，才听见长工一个个起来。

天冷时，我缩在暖被窝里，竖起耳朵听母亲叮叮当当的锅铲声，哗哗的拨水声，直到一股红山薯香味扑鼻而来，我才爬起来。跑到厨房，在灶边踮起脚尖喊着要吃红山薯。母亲就会说："先洗脸漱口去。"我就端了个木脸盘（早年乡下都是木盘，没有像今天的塑胶盆），蹭着母亲说："妈妈，我不会淘水，瓜瓢太大（用葫芦瓜做的水瓢），汤罐太高（乡下的土灶，烧水的罐子夹在两个大镬之间，烧饭做菜时，罐里的水也同时烧热了。乡下的柴火虽然在山上取之不尽，但仍是非常省俭的）。"母亲生气地说："你呀，一个人吹箫，还要一个人替你捺窟。"我咯咯地笑个不停，母亲给我淘了热水，还伸手摸一下是否太烫。我这才把一张白底蓝条的布巾浸入，湿漉漉地拎起来，蒙在脸上说："哦，好舒服啊！"前襟已经滴湿一大摊。母亲说："快来帮我端盘子。"我说："脸还没洗好呢。"她只好自己迈着小脚端去了。一边笑骂："你这个懒丫头，看你长大了连饭都煮不成吃呢。"

可是长大以后，自己也做了母亲，马上变得勤快起来，做什么事也都满利落的。想想当年母亲要我帮忙，我从没好好帮过一下。母亲说她总是自己吹箫，自己捺窟。我现在呢？想要儿子代捺一下窟也不成。凡事只好靠自己，这就叫做母亲的辛劳。

仔细想想，"一个人吹箫，一个人捺窟"这句土话，如果从好的方面解释，也表示两个人合作完成一件工作，配合得非常好的意思。天下许多事，靠一个人的力量总是不够的，必须大家合力同心以赴。俗语不是说"众擎易举，孤掌难鸣"吗？

"吹箫"和"按孔"本是一件事的两种动作。如果按孔的人，能配合吹箫人的节奏、高低，按出调子来，那么他们二人一定是密切无间、全神贯注在一首曲子上，还有什么比这样两心相契的境界更美妙的呢？

猫 外 婆

只听说"看门狗"，哪有"看门猫"呢？可是我家就有一只忠心耿耿的看门猫。每回当我从外面回来时，它总是毕恭毕敬地坐在我家门口，瞪着一对大眼睛冲我叫。要不就是蜷成一个圆球，一对前腿抱住鼻子呼呼大睡。那么它为什么不在屋里而要待在门口呢？因为它不是我家的猫。它原是对面楼下邻居的猫，养它只为捉老鼠，从没哪个爱抚过它，喂它饭也是饱一顿、饿一顿的，邻居搬走以后，它更变成无家可归。可是它仍然高卧在大门上面一块水泥平台上，我每天早上拉开阳台门，一定先和它打招呼，我拉长了声音叫："咪咪唔！我的好咪咪唔。"它就起身伸个懒腰，也拉长了声音回答我："咪咪——"我们彼此谈一阵，然后它坐下来歪着头看我弯腰曲背做早操。早操后，我一定招待它一碟牛奶。

天气渐渐热了，它不再在平台上晒太阳，就在巷子里跑来跑去，有点凄凄惶惶的样子。有一个下雨天，它浑身淋得湿透了，我好不忍心，立刻奔下去，把它带进家门。它早就盼望有这么一天，就大摇大摆地进来，睡在我为它铺得软软的盒子里。起初它好乖，只睡那个盒子，每天"晚出早归"，喝了牛奶就睡

觉。但渐渐地，它要睡沙发、睡床了。我的膝头，更成了它的
安全港。一个个梅花脚印到处都是，最糟的是它带来的跳蚤咬
得我体无全肤。家人提抗议了："这样脏的猫，小心传染病啊！"
我怎么办呢？只好给它擦药粉，可是它好怕，咬了我好几大口，
血一直流。屋子里跳蚤越来越多，我四肢上斑点也越来越多。
不得已只好全屋子撒 DDT 粉来清除，也只好狠心地把猫关在
门外。起先它每天一大早就来叫呀叫呀，苦苦哀求我开门接纳
它，我还是不能，因为 DDT 气味对它有害，跳蚤对我们有害，
我只好把鱼饭和水放在门口，它吃饱以后，看看没希望进来就
跑出去玩。玩累了，就回来在我门口脚垫上睡觉。上下邻居的
孩子们都好爱它，给它吃蛋糕、肉松。它到处挂单，得吃得喝。
它成了我家的看门猫，也是这一幢公寓里每个孩子的好朋友。

它肚子渐渐大起来，要做妈妈了。有好几天，它忽然不来
了。再来的时候，肚子小了，小猫已经生了。我真担心，它把
小猫下在哪里了呢？有一个下雨天，它忽然衔来一只雪白的小
猫，我连忙给它在门口摆个大纸匣，它马上把小猫放在里面，
然后一只只衔来，一共四只，黑的、白的、花的，好可爱。我
用纸板盖好，在上面写一张条子："请小朋友们不要惊动它，
它生了小猫了。"小朋友们都好兴奋，纷纷为它送来沙丁鱼、
牛奶，蹲着看半天，一点也不打扰它们。它整天在里面陪伴它
的小儿女。看它们真幸福、真满足啊。母猫对我们的信赖，也
叫我们好感动。

我抬起头来看看日历，哦！那天正是五月十一日母亲节。

母猫恰巧在母亲节的前一天，把它的小儿女衔来托付给我。

它送了我最最好的一样母亲节礼物——让我做了猫外婆。

我不由得想起小时候在乡间。每回我家母猫生小猫时,我妈妈总用一个深深的大木桶,拿旧衣服垫得软软的,放在她自己床边,让母猫带着小猫睡在里面,不受一点打扰。妈妈给它拌黄鱼稀饭吃,说母猫坐月子,要进补才会下奶。妈妈脸上的笑容好慈爱。我说:"妈妈,您当猫外婆了。"现在我也当猫外婆了,因此,我好想念我的妈妈啊!

小白回家

　　"咪呜，咪呜。"小玲在梦里听到小猫叫的声音，笑着醒了过来，定神一看，她已经没有小猫了，刚才是隔壁张妈妈的猫在叫呢，还是她梦见了猫咪小白呢？原来她心爱的小白被爸爸送掉了。爸爸不喜欢猫，爸爸说猫身上有跳蚤，会传染疾病。猫又偷吃东西，很不卫生。小玲一会儿抱猫，一会儿用手拿饼干吃，好脏啊。前天小白竟把小周粉红的脸颊抓伤，差点伤了眼睛，爸爸一气之下，就把小白装在布袋里，送到很远很远的朋友家去了。小玲心里好难过，为它哭了好几次，只是爸爸的话她一定得听，她不能再养猫了。

　　可是小玲好想小白啊，她悄悄地央求妈妈，因为妈妈总是比较心肠软的。她说："妈妈，答应我把小白找回来吧，我一定把它洗得干干净净的，使它身上没有一个跳蚤。我把它教得乖乖的，不偷吃东西，不抓人。我抱过它就马上洗手。"小玲说得好有把握，可是妈妈笑着摇摇头说："办不到的，小玲。猫身上的跳蚤是洗不干净，猫也不会那么听话。你抱过猫，哪会记得每回都洗手呢？有时候眼睛痒了用手背一擦，脏东西就进了眼睛，眼睛发炎，小玲就不能读书，不能玩儿了。"小玲感到好失望，翘起小嘴，低着头，连又油又甜的蛋糕都不想吃了。妈妈摸摸她的头温和地说："你乖乖地吃了早点上学去，不然你就要迟到了。星期天，妈妈带你去百货公司买一只好漂亮的丝绒做的大白猫，天天放在枕头边陪你。"小玲说："丝绒的猫不会叫，不会跳，不会吃东西，我不要。"小玲心里想，丝绒大白猫哪有小白可爱呢。小白是她的好朋友，它懂得她的话，她叫它来就来，坐在她脚边，用小舌头舔她的脚尖，痒酥酥的，多好玩。有时爸爸妈妈有事出去了，有小白陪她就不感到寂寞了。丝绒猫有什么好呢？妈妈老把她看得那么小，她已经念三年级，不是玩丝绒猫的幼稚园小妹妹了。

小玲一路去学校，心里一直想着小白，小白究竟被爸爸送到哪个朋友家了呢？刘妈妈家吗？不会的，刘妈妈最不喜欢猫狗，爸爸不会送给她的。那么会不会是陈妈妈家？陈妈妈是喜欢猫的，她家又离得很远。对，爸爸一定是把它送到陈妈妈家了。陈妈妈如果知道我那么想念小白，她一定会把它送回给我的。她送来，爸爸就不好意思不留下了。对了，我放学以后，就先搭车到陈妈妈家去看看，小白究竟在不在她家。小玲越想越高兴，仿佛小白一定是在陈妈妈家，她今晚一定就可以看见它了。

小玲实在太想念小白，放了学，也忘了妈妈会挂念，就背了书包直接搭车去陈妈妈家。到了陈妈妈家，出来开门的是阿秀，小玲连忙问她："阿秀，我爸爸有没有把我的猫小白送到你家来？"

"有呀！"阿秀眼睛瞪得大大地回答。

"啊呀！太好了。"小玲高兴得马上往里跑，"我要请陈妈妈明天送回给我，爸爸就会把它留下的。"

"送回给你？它已经跑啦。"

"跑啦？怎么会让它跑掉的呢？"小玲快要哭了。

陈妈妈出来了，陈妈妈抱歉地对她说："小玲，你爸爸把小白送给我，我原是要好好养它的，谁知它怕生，一整天只是叫着不吃东西，我昨晚把它关在屋里一夜，今早一看，原来它已经从门下面钻出跑了。怎么找也找不到。我心里也很难过，它出去不是要挨饿吗？"

"陈妈妈，它在外面没有饭吃，就会当野猫了，当了野猫，时常要挨打的，怎么办呢？"

"你不要着急，我一定想法子把它找回来。"

"怎么找呢？"

"我煮点香香的鱼饭，端着碗，一路叫，它闻到鱼香就会来的。"

"陈妈妈，它要是回来了，你把它送回来给我们好吗？你就说小白怕生，小白在你家不吃饭。"陈妈妈点点头笑着答应了。其实她心里很着急，也很抱歉。她没有好好地看顾小白，小白还不知道逃到哪儿去了呢。

小玲背着沉重的书包，慢慢地走回家。她的心跟书包一样沉重。她不搭车了，因为她想一路走一路找，也许会找到小白，小白跟她那么好，它一定会闻到她身上的味道的。

老师说过，动物都有第六感，像电一样，彼此会有一种感应的。于是她提高声音喊："小白，咪咪，小白，咪咪。"

她也不怕路上的行人笑她，她更忘了妈妈在家已等得发急。天都快黑了，从陈妈妈家到她自己家是要走完一条长长的马路，再穿过一片旷野的。小白会不会躲在旷野的树丛中呢？"小白咪咪，小白咪咪。"小玲一直叫着、找着，可是小白没有出现，它真的不知道逃到哪儿去了。听说狗会认路，猫却不会，那么小白再也找不到回家的路了。爸爸好狠心啊，使乖乖的小白，变成没有人爱的野猫。想到这里，小玲的眼泪扑簌簌地掉下来了。

她垂头丧气地想着，却没留心已下起雨来。雨滴好大，像豆子似的打在小玲的头上、脸上、肩上，不一会儿，小玲已经全身湿透了。雨越下越大，小玲只好捧着头拼命跑儿。这时候，她真希望她妈妈会打着伞跑出来接她。平常，一遇下雨天，她没带雨衣，妈妈就会到车站接她的。可是她现在一直跑到巷口，仍没看见妈妈，妈妈一定生气不理她了。她赶紧跑进巷口，却听到一声微弱的叫声："咪呜，咪呜。"

是小白吗？在哪里？可是小白的叫声很响亮，它已经是半岁的猫了，声音不是这么小的。她正纳闷，却看见垃圾箱边的一摊泥洼中，有一只黑黑的小猫在蠕动，它浑身都湿透了，毛紧贴在身上，冷得直打哆嗦。身体瘦小得跟老鼠一样，只有两只耳朵却非常的大。小玲呆住了，怎么办呢？这可怜的小猫，是谁那么狠心把它扔在垃圾箱的呢？下这么大的雨，它马上就要淹死了。她顾不得爸爸妈妈会骂，就伸双手把可怜的小猫捧起来，跑回家中。

"小玲，你到哪里去了？"爸爸一见小玲，又着急，又生气地大声问，一看见她手里的脏小猫，更是生气："你怎么又弄只小猫回来啦。"

"不是的，爸爸，是在巷口垃圾箱里捡来的，我要是不救它，它就会死了。"

"快放在地下，洗手去，我来给你换衣服，你妈妈已去学校找你了，我回来还没见到她呢！"

"爸爸，请你帮我救救小猫吧。"

"傻孩子，外面被人丢掉的小猫多得很，你哪里救得了那么多。你看多脏，爸爸就不要你碰脏东西。"

爸爸嘴里虽这么说，还是找了块旧毛巾把小猫轻轻擦干，几根稀稀疏疏的毛竖着，小身体像一根小木柴棍子。

只是发抖，抖得爸爸的心也软了。拿杯子冲了杯牛奶，倒在小碟里给它喝。啪嗒啪嗒的，一下子小猫就舔完了；再倒一碟，又舔完了。小猫抖抖身子，精神好多了，在地上慢慢地爬着。

爸爸两眼盯着小猫，心里想：怎么办呢？刚送走一只那么漂亮的小白，却来了只这么瘦这么丑的小黑猫。小玲真是个多管闲事的孩子。不能，绝不能让她养，明天我还是得把它撵走。爸爸哪里知道，小玲刚才就是去找她的小白呢。

妈妈一身湿透地回来了，一见到小玲就问："你怎么放了学不回家呀？"

"我去陈妈妈家找小白。"小玲说。

"去找小白，找到没有？"妈妈跟爸爸互看了一眼。

"没有，小白不见了。陈妈妈说它叫了一夜就跑了。"小玲很伤心地说。

爸爸没有再说话，但他心里对小玲也很抱歉。他后悔不应该把小白送到陈家。下这么大的雨，小白躲到哪里去了呢？他望着在地上摇摇晃晃爬着的小黑猫，心里也没有了主意。

妈妈把小玲的头发擦干了，衣服也换了。又特地煮了鱼饭喂小黑猫吃，小黑猫喝够了牛奶，又吃了一顿丰盛的晚餐，就在沙发边呼呼地睡着了。

小玲做完功课，睡觉的时候，妈妈悄悄地问她："小玲，你打算留下这只小黑猫吗？"

"妈妈，小黑猫太可怜了，请你求爸爸答应我收养它好吗？"

"爸爸不会答应的，等它精神稍微好一点，还是送给旁人吧。"妈妈说。

小玲心事重重地躺上床，她并没有马上睡着，这只小黑猫应该怎么安顿？还有她的小白，大雨天在什么地方躲雨，它会不会在找她呢？第二天一早，小玲要上学了，她不放心小黑猫，便悄悄地把它装在书包里，又把水壶里的水倒掉，把妈妈给她的牛奶倒了半杯在水壶里，就提起书包上学了。

"咪唔、咪唔。"上课的时候，小玲的抽屉里叫起来了。

"丁小玲，你抽屉放着什么玩具？"老师生气地问。

"老师，不是玩具，是一只小猫。"小玲站起来说。

"上课怎么可以带小猫？"

"因为放在家里，爸爸会把它丢掉。"

老师笑了，全班同学都笑了。小玲一本正经地央求："老师，你可不可以劝我爸爸，请他答应我养猫呢？它太可怜了。"

老师说："好，但是你现在先把它交给校工老刘，课堂里是不能有猫的。"

小玲把小猫捧给老刘，牛奶也倒给他，拜托老刘替她暂时养着。恰巧老刘是个非常喜欢小动物的人，他养了一只狗，还有一只兔子都非常可爱。

放学时又下起雨来，小玲想起她那只流浪的小白是不是会跟黑猫一样，淋得浑身透湿，又冷又饿地在垃圾箱旁边打哆嗦呢？她越想越着急，一时又忘了妈妈昨天等她等得那么心焦，便又背起书包，走向陈妈妈家的那条路。

她总想着小白大概会在那附近一带的。她穿着雨衣慢慢地走，钻进树丛中喊叫："小白，咪咪，小白，咪咪。"树丛中是黑黑的，没有小白的影子。雨太大了，她的头发都淋湿了。身上有点冷，肚子也饿了，只得回到家里。来不及听妈妈咕哝，就躺在床上。她感到头痛，手心发烫，嗓子痛。妈妈一摸她的头，就知道她受凉发烧了。妈妈心里真着急，就埋怨她说："小玲怎么这么不听话，天天冒雨出去跑呢？"

"妈妈，我要找小白回来嘛！"

"傻孩子，猫一迷失了，就找不到原路的，你不要再找了。"

"天下雨，它又冷又饿，怎么办呢？"

"不要担心，它会找地方躲的，所有的野猫没有人照顾，都会自己想法子活下去的，这是动物的本能。你心疼它，妈妈知道，可是你也要当心自己的身体，你病了，妈妈担心啊。"

小玲伏在妈妈怀里，不由得呜呜地哭起来了。她想起刚才冒着雨在树丛中找小白那种冷清、心慌的情形，没有妈妈的保护，她就变得那么胆怯，无依。那么小白失去了她的保护，不也是一样的无依吗？她哭了好久好久：妈妈拍着她，亲着她，才勉强止住呜咽，她也不愿让妈妈太操心，她是妈妈的乖女儿啊！

吃了药，她渐渐睡着了。第二天刚好是星期天，小玲不必上学，清早一觉醒来，睁开眼睛，看见明亮的阳光从白色的纱帘透进来，风微微地吹着，今天是个好天气，她第一个念头就是想到小白，小白在什么地方躲了一夜雨，现在一定出来在太阳里舔身上湿湿的泥浆了。小白最爱清洁的，它连脚趾缝当中的泥都舔得干干净净呢，爸爸说它脏，真是冤枉。

爸爸从外面兴冲冲地走进来，两手放在背后，高声喊：

"小玲闭上眼睛，伸出手来，猜爸爸给你一样什么东西。"

小玲把双手伸出来，她心里在猜，爸爸又给她一样什么呢？爸爸是真爱她，他常常给她买她喜欢的东西。可是今天他给她什么都不会快乐，因为小白不见了，爸爸给她的绝不会是第二个小白。

"小玲，你听。"爸爸说。

"咪唔，咪唔。"

这不是小白的叫声吗？小玲连忙睁开眼来，可是她失望了。放在她手里的是一只呆呆地瞪着大眼睛的金黄色玩具猫，妈妈前天说的那种假猫。不是会跟她跑、跟她玩的小白。

"爸爸听它叫声很像小白，特地为你买的，你喜欢吗？"

小玲不愿爸爸扫兴，只得轻轻地说："喜欢。"

小玲抱着玩具猫，心里想如果它是小白该多好。爸爸怎么懂得小玲的心意，小白不是玩具可以代替的，况且小白没有了家，正不知道多么惊慌，多么伤心。

下午门铃响了，她一听是陈妈妈的声音，马上坐起来问："陈妈妈，你是不是送小白回来了。"

"小玲，小白一直没有回来，它真的迷路了，我真对不起你，没有好好地照顾它。"

"陈妈妈，这不能怪你，是爸爸不该把它送到一个陌生的地方去的。现在，它变成一只没有家的野猫了，可怜的小白。"

陈妈妈是个爱猫的人，她也懂得怎么照顾猫。她告诉小玲的爸爸一种新方法，就是用少量 BHC 的粉擦在猫身上，跳蚤都会死去，猫舔了也没有害处。还有一种专洗小动物的药水，可以常常给它洗澡。猫的小毛就会非常的光亮，陈妈妈还讲了许多关于猫的常识，说猫嘴上颚的嵌，越多越好，七个是最普遍的，九个就是最机灵的名猫。一胎只生一只的是龙，两只的是虎，五只就是五虎将，把它们放在筛子里一摇，不跌倒的一只就是虎王。听得小玲入了神。小玲在追忆，小白上颚有几个嵌呢？她忘记数了，好像很多呢，说不定不止七个。小白的妈妈只生两只，那么它就是虎了，啊！这么好的猫，爸爸都把它弄丢了。不过小白既然是一只名猫，它一定不会饿死，它会自己想法子活下去的。

小玲的眼中汪着泪水，失去一个好朋友，她心中有一种任何东西都无法补偿的空虚。爸爸妈妈、陈妈妈，也不会懂得她这时心中的滋味的。可是爸爸慈爱中带着歉疚的眼神一直在望着小玲，那眼神在告诉她，如果再有一只像小白那样的猫，爸爸是绝不会再把它撵走的了。于是小玲想起了昨天从雨中抱回来的小黑猫，她明天要把它从老刘那儿抱回来，她要细心照顾它，把它养得跟小白一样聪明乖巧，她就喊它小黑，没有了小白，又有一只小黑，也是一样的。

陈妈妈起身要走了，她从窗外望出去，忽然喊起来，"你看，那边墙头上一只白猫，很像小白。"

"小白？"小玲一骨碌爬起来。

"咪唔，咪唔……咪唔……"白猫一路跑，一路喊。

"小白，是我的小白，它回来了。"它真的回来了，小玲已经跑出院子。可怜又可爱的小白，它终于找到了自己的家，自己的小主人了。它偎在小玲怀里，眯着眼睛，咕咕咕地念起经来，它在对她诉说两天来的惊慌、辛苦疲劳。

它是多么高兴重新见到小主人啊。

"爸爸妈妈，你看小白多聪明，会找到自己的家。"

爸爸妈妈都非常感动，爸爸也伸手摸摸小白，他不再嫌它脏了。在外奔波了两天，小白身上仍旧是干干净净的，小白真爱清洁。

"小白，张开嘴来，让我数数你有几个嵌。"小玲扳开它的嘴数："一、二、三、四、五、六、七、八、九。九个嵌，陈妈妈，它真的有九个嵌呢。爸爸，小白是一只名猫。"

唔，它是一只名猫，单凭它那么远的路会找回来，就是一只了不起的名猫。

"爸爸，你再也丢不掉小白了，因为它永远认得自己的家。"

"你爸爸看你想得这么苦，怎么舍得再送走它呢。"妈妈说。

"你爸爸还会帮着你用 BHC 替它擦去跳蚤呢。"陈妈妈咯咯地笑着说。

爸爸也笑了，他本来心里的一分歉疚，现在变成很大的安慰了。爸爸轻声地问她：

"小玲，你昨天抱回来的小老鼠似的丑小猫呢？"

"在校工老刘家，我怕你讨厌它。"

"明天去把它抱回来，让你有了小白再有一只小黑。"

"真的？啊！爸爸，你真好，可是如果小黑嘴里只有七个嵌呢，你也一样准我养吗？"

"哪怕只有一个嵌也不要紧。它是一只没有母亲的可怜小猫。只要你爱它，好好教它，就会变成最聪明的名猫。小玲，我相信你一定有这耐心的。"

"谢谢你，爸爸，你真是我的好爸爸。"

"咪唔，咪唔。"小白看得出来，这位严肃的大主人现在也对它笑嘻嘻的，非常和善。它就不由得放肆起来，一下子就跳到他的膝头上来了。

圣诞老公公

从十二月一日起，小楠就在扳着小手指头算还有几天过圣诞节，慈爱的圣诞老公公要给他送礼物了。我对他说："你想收到礼物，想想看许多没有爸爸妈妈的小朋友，一定也很想礼物，而且需要帮助，你是不是想帮助他们呢？"

他就捧出他的扑满说："妈妈，我要把全部的钱买东西送他们。"

他的慷慨使我很感动。打开扑满是五十三块钱，这是他平时在学校得了好成绩和帮我做事的奖金，他毫不吝惜地要把它捐赠了。我用他的钱，陪他买了糖果和日用品，再拣出几件衣服，带他去送给一个没有双亲的贫苦女孩子，让他亲身感受到助人的快乐。然后我对他说："小楠，每过一年的圣诞节，你就长大了一岁，圣诞老公公来，要看你比以前更乖、更进步，他才给你礼物呢。"他沉思了半天，喃喃地说："我跟同学打过好几次架，被老师罚过好几次站，写字一直没得过甲，老公公会不会送我礼物呢？"

我笑着安慰他说："会的，只要你以后努力学好，老公公会原谅你的，老公公最仁慈了。"

我又问他："你心里想要些什么呢？"

他沉吟着，半晌说："去年我想要一本集邮簿，一本小记事册，还有跟爸爸一样的红蓝原子笔，老公公都没有给我，只给我一包糖和十颗玻璃球。"

我听了心里很抱歉。因为那时我太忙，没时间给他买，只在门口小店里买了这两样东西塞责。今年我决不使他失望了。可是到了圣诞前夕，不巧他爸爸重感冒不舒服，我又赶年终工作，忙得晕头转向。到了夜里十一时，才想起小楠的圣诞礼物还没买。而小楠已很早上床，他拿了我的一只长筒丝袜，放在枕头边，一只手伸在被外捏着袜子的一头，笑眯眯地入了梦乡，等待他心爱的礼物。因为他说，淘气的阿丹也是拿妈妈的袜子等礼物，可以请老公公给他多装点。

望着他这副憨态，我怎么忍心使他再失望呢？他爸爸也顾不得风寒没好，穿上大衣，陪我上街买礼物。文具店已推上半边大门，我们侧身进去，为他买了集邮簿、红蓝原子笔、小记事本，和一小盒葡萄干。都是他想了一整年的。我们用长筒丝袜扎了，轻轻放在他枕边。

第二天一早，就听他在窸窸窣窣打开纸包，他兴奋地喊起来："妈妈，圣诞老公公真的给我送来我想的东西了。好好啊，爸、妈，快来看嘛！"

这时我们心中的快乐真不亚于他呢。我们假装和他一同欣赏，一同赞美。他的嘴笑得跟哈啦菩萨似的，再也合不拢了。他问我："我以后长大了，老公公还给不给我送礼物呢？"我说："只要你做个好孩子，他会一直给你送来的。"可是我心里在想，等他一天天长大了，知道圣诞老人的礼物，是爸妈口袋里的钱买的话，他是不是感到一样的快乐，还是更感动、更快乐呢？

我们不是基督教家庭，但对于孩子每年的圣诞礼物，我们从不忘记。因为我深深感到赐予爱将培养孩子一颗仁慈慷慨的心。记得我幼年时在乡下，从不知有圣诞节。但母亲在每年的严寒岁尾，一定要做许多年糕、粽子，再拣出许多旧衣服，叫长工带着我送给附近贫苦的家庭。母亲的仁慈使我永铭心坎。中年以后，对于逢年过节，不但兴趣淡薄，而且心情不免黯然。而今年小楠对圣诞节的热烈盼望，又鼓舞起我的兴致，看着他万分爱惜地抚弄着他心爱的圣诞节礼，我回头问他爸爸说："你这会儿伤风好些没有？"他笑着点点头说："完全好了，因为昨夜圣诞老公公来给小楠送礼物时，就把我的伤风带走了。"

魔 笔

如今的原子笔真是方便，写起字来滑溜溜的，原子油用完了就往字纸篓里一扔，再换支新的。我最喜欢用笔管透明的那一种，写的时候，眼看着正中间那条像寒暑表水银柱的笔芯，一点点地低下去，低到没有了，仍舍不得扔掉，只把中间细管抽去，留下透明的笔管，一大把在抽屉里滚来滚去。有时抓出来摸摸看看，真想用这些玲珑可爱的玻璃管，搭一幢水晶墙壁、水晶瓦的玩具小房子，可惜我没这份天才。

我爱原子笔笔管是有道理的，话要说到我的初中时代。那个时代，哪有什么叫作"原子笔"的？连一支花花绿绿的橡皮头铅笔都当宝贝，同学之间比来比去，相互炫耀。有一次，一个同学给我们看一支金色的自来水钢笔："我爸爸从美利坚带回来的。"他把"美利坚"三个字的声音咬得特别清楚，生怕我们听不懂，神气活现的样子。我向它瞄了一眼说："是男式的，有什么好？我将来要有一支女式的。"说是这么说，谁给我买呢？爸爸不许小孩用讲究东西，妈妈连我用铅笔都嫌太贵了，还会为我买自来水笔？天保佑，忽然从南京来了位姑丈，正巧送了我一支女式自来水笔，翡翠绿的笔杆，挂链就像真金的，比同学那支金光闪闪的还要漂亮。姑丈亲手把它挂到我颈子上，说是给我考取中学的奖品。我快乐得眼泪都要掉下来了。自来水笔在胸前荡来荡去，连吃饭睡觉都舍不得取下来。姑丈悄悄对我说："小春，这是一支魔笔呢，你每天用它写笔记、日记、抄英文，你的记忆力会加强，文思会大进，但是一定要天天写，不能间断啊，一间断就不灵啰！"

我那么爱它，当然每天用它做笔记、写日记、抄英文生字，果然觉得自己文理愈来愈通顺，英文字也愈写愈漂亮，连美国老师都夸我大有进步了。它真是一支魔笔呢！我心里好高兴，清早上学，第一件事就是摸一下胸前的翡翠自来水魔笔。

有一天，我正得意地又跑又跳，一不小心，跌了一个大筋斗，钢笔从套子里脱落下来，笔尖跌开了叉，再也不能使用了。我大哭起来，老师以为我跌痛了，其实膝盖跌破皮出血算得什么？伤心的是我没有了魔笔，以后再也写不出流利的日记和漂亮的英文字了。我边哭边写信告诉姑丈，"魔笔开叉不能用了，我的一切都完了"。姑丈的回信很快就来了。他说："小春，我送你的那支自来水笔，确实是魔笔，你只要勤勤奋奋用它写字，一天也不曾间断过，你的手就会把所有的笔都变成魔笔，随便拿起什么笔，都会写出一样流利的日记、漂亮的英文字来。不信你马上试试看，仍旧天天写，不要间断。"我只好听他的话，耐着性子拿起蘸墨水钢笔来写。说也奇怪，原来涩涩的笔尖，竟然也变得滑溜起来。写出来的字，并不比翡翠自来水笔差，这是什么道理呢？我跑到学校问老师，并且把姑丈的信给她看。老师点着头，笑眯眯地说："你姑丈的话一点不错。你知道吗？魔笔并不挂在你胸前，而是握在你勤快的手中。你天天写字，天天用心思想，用脑记忆，你就永远握有一支魔笔了。"

姑丈和老师的话，我到今天还牢牢记得呢。

孔雀错了

我念初中的时候，每回作文发下来，都是密密麻麻的连排红圈圈。尤其是那个大大的"甲"字，好像咧开一张四四方方的嘴在对我笑。和我并排儿坐的同学名叫曹萱玲，她总是瞪着一双滚圆的大眼睛看老师给我的批语。我就索性示威似地把作文簿摊开来，摊在她鼻子底下，面露得意之色。

可是轮到英文课呢！她的考卷分数就总比我高一点了。原因是她的字写得比我清楚漂亮。造句也造得好。我呢？老是挂灯结彩的，东一团墨水滴上了，西一堆用橡皮擦得糊里糊涂的。尽管文法不错，拼音不错，看去总没她的卷子眉清目秀。所以老师给她的批语是"Very good"，我的呢？总少了个"Very"。她也常常把考卷向我这边一摊，我一看就没精打采了。我心里想，如果她的英文没有这样好，我不就是全班第一个"文学家"了吗？于是每回考试时，我真希望她多错一道题，我就可以胜过她了。看她的神情也正是一样希望我的作文少几个圈圈，或是"甲"字下面多个"下"字。

我们彼此这样在心里暗暗地忌妒着，感到很不快乐。有一次，老师给我们讲了一个故事，她说："有两只孔雀，羽毛都非常美丽。它们的尾巴开起屏来，真是漂亮极了。但是它们心里都想，如果我同伴的羽毛没有我的美丽，我不就是第一美丽了吗？于是它们就对啄起来，把彼此的尾巴都啄得七零八落的。它们的尾巴都不再美丽，再也不能开屏了。你们想想孔雀不是大错特错了吗？它们应当相互竞争，好好爱惜自己的羽毛，努力把尾巴张得漂漂亮亮和对方比赛，却不应当啄对方的羽毛。它们太愚笨了！"

讲完故事，老师慈祥的眼神向我们望来，我惭愧地低下头去。偷偷看曹萱玲，她也正在看我，笑了一下，我也不好意思地笑了。

下课以后，我们一同蹦蹦跳跳地走出课堂，到草地上拍球、踢毽子。抬头看见老师正倚在窗口向我们笑眯眯地望来。在她的眼神里，我们一定是一对友爱的孔雀，在亮丽的阳光里，大家都努力开屏，却不是彼此对啄羽毛呢。

万事如意

我五岁开始，就坐在母亲膝头上认"人、手、足、刀、尺"。每年农历正月初二，一大清早，母亲就捏着我的小拳头握住毛笔，在红纸条上写"新春开笔，万事如意"八个大字。我完全不懂这几个字是什么意思，只觉得母亲的手好软和、好温暖，写字好好玩儿。稍为长大以后，我就要自己捏笔来描，自作主张地把这八个字描得大大小小，歪歪斜斜。描了一张又一张，描完了满处地贴，显得屋里一片喜气洋洋，母亲看了很高兴。外公却含着旱烟管问我："小春，你写了这么多，懂不懂这里面的意思呢？"我说："懂，就是样样都好，很有福气的意思。"

外公说："是的，样样都好，很有福气。可是你要知道这福气不是从天上掉下来的，样样都要凭自己努力，才能得到。'新春开笔'不只是指写字，万样事情一开始都得好好做，才能万事如意，带来幸福与快乐。所以说，'一年之计在于春，一生之计在于勤'。妈妈每年要你一开始就得做一个好孩子，别让妈妈操心，你懂得吗？"

我当时虽然眼观鼻、鼻观心地听取了外公的训诲，却一年到头不知让母亲为我操了多少心。而孩子受大人的管束，却满心感到"万事不如意"。年事渐长，塾师对我的管教越严，每天练大小楷手背都被打肿了。有一年的年初一，我瞅着老师不在，偷偷写了十二个大字，"新春被迫开笔，万事有何如意"。放在抽屉里，被老师看见了，罚我在佛堂前足足跪了一炷香时光。我心里哭着怨着骂着，恨死了写字。到现在，我的字写得如此的"自成一体"，朋友们美其名曰"十九帖"，大概就种因于童年时强迫多于鼓励所致吧？可是每想起母亲为我启蒙时那一只柔软温暖的手，我又深深感到慈亲对儿女属望之殷，勖勉之切，都寄托在这八个字里面了。

今年我裁了三张红纸条，请丈夫写一张，我自己写一张，孩子写一张。终年不握毛笔的丈夫，字如其人，一笔不苟。他很得意他的字，虽然是幼年失"学"，却是方方正正的最适合于写横额或春联。我呢，字是比以前更退步了，而墨迹落在红纸上，顿时忆起童年时在老家所度过的每一个欢乐的新年，与随着一度度的新年，母亲两鬓所增添的白发。数十年的悠悠岁月飞逝了，如今揽镜自照，青鬓已掩盖不了白发。而我那一心想当"蛙人"的儿子才九岁，他边描字边问我："妈妈，什么叫作万事如意？"

我也以当年外祖父教诲我的口气对他说："就是样样事情由于自己的努力，都有很好的成绩。比如……"我还没比如下去，他就抢着说："我知道了，就是考试都拿一百分，然后每个星期天都有电影看，永远不打屁股。"他说得很对，我只好点点头。望着他呆愣愣的样子，想起当年我自己写这"新春开笔"的红纸条时,在母亲心目中,我的神情正和他一样的傻。母亲为她的傻女儿祝福万事如意,我如今也同样祝福我的傻儿子。再说以我望五之年,能有一个不满十岁,而怀着壮志雄心的儿子,也不能不算得是"万事如意"了。

盲女柯芬妮

芬妮姓柯（Fanny Crosby），照中国的姓氏习惯，就叫柯芬妮吧。一百多年前，她生于纽约州一处群山环绕的幽静小屋里。不幸的是她的眼睛在婴儿时就因病受了损伤，医治无效而至完全失明，注定了她就得在黑暗中摸索一生。

可是小小的芬妮自幼就非常坚强独立，她在起居行动上绝不依赖别人，而且和邻居的小游伴们玩得非常开心。她跳绳、爬树、骑马样样都来，而且都毫不比别人差。许多同情她盲目的人，看她这样的玩法，都不免替她捏一把冷汗呢！

由于她不能用眼睛看，所以她格外用心地去听，听大自然中所有美妙的声音。她听出风的狂笑或叹息，听出雨的轻歌和呜咽。还有山洞里流水的潺湲，树林中群鸟的啁啾歌唱，呢喃细语。她的胸中胀满了欢乐，充满了对这世界全心的爱。因此也对自己所爱的世界描绘出美丽的远景，那就是她对将来名望和荣誉的肯定。

她肯定自己不是在做白日梦，而是要努力实现理想。但是每当她想着要如何实现理想时，常会听到一个声音对她说："你办不到——因为你是瞎子。"

伤心的她，就跑到深山中，跪下来祈求上天启示，她又会听到一个声音对她说："我向你保证，你一定可以完成你的志愿。"然后，她安心地回到同伴中，和大家一同玩乐跳舞。越玩越快乐，因为她心中有了保证，她不会是一个默默无闻的盲女，她定将使生命发放灿烂的光辉。

在不到十岁时，芬妮就能背诵新旧约中的许多篇章，以及很多诗篇。她对诗有强烈的感受和爱好，常常听到别人唱一首诗时，就能从音韵风格中分辨是谁写的。她渴望自己也能写出同样美的诗来。在八岁时，她就写了这一首诗：

哦，我是多么快乐的孩子
我虽看不见却对世界感到全心的满足
因为我拥有的福
是别人所没有的
我绝不为自己的盲目
哭泣或叹息

芬妮渐渐长大，就开始写诗。在学校里，受到老师的鼓励、同学的赞美。因而她的诗愈写愈好。少女时代，她写了更多赞美造物主、赞美大自然的诗篇。由教会里传播福音的音乐家配上曲谱。因此她的诗篇家喻户晓，散布到世界每一个角落。

每一个唱起柯芬妮作词的歌曲，就会在内心涌上一份喜悦。她对人世幸福的贡献是多么的大！

　　她活到九十五岁才逝世，悠长的一生中，一共写了三千多首赞美诗。她虽是个双目不能看见这个世界的盲者，但她心胸中的世界却是无限广大，因为她以光明回报人间。

第二辑

怀念亲友

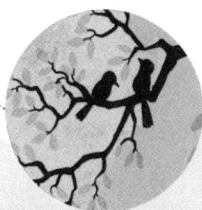

一朵小梅花

两颗天蓝宝石，两颗兔眼红宝石，两颗透明广东翠，围着一粒圆润的珍珠，镶成一朵六瓣的小梅花，真玲珑小巧，我不知有多么多么的喜欢它；因为它不是一件寻常的饰物，却拥有太多太多的回忆。

小梅花原是母亲的发簪，是新婚时父亲从杭州买回给她的。母亲告诉我她总共才戴过两次，后来父亲没有再带母亲出外应酬，小梅花就没有机会再戴了。剪了长发以后，母亲把簪子的长针切去一截，弯成小钩，钩在黑丝绒帽子边的黑绸花心上作为装饰。母亲很少出去，也很少戴帽子，我就偷偷把小梅花摘下来，钩在自己胸前，在镜子里扭呀扭的，自以为是个小小的美人儿。"小心，别丢了。"母亲尽管这么说，我还是要戴。

后来真的丢过一次，是近视眼厨子老刘给我找到的，真算不容易。那以后，母亲不让我戴了，收在首饰盒里，跟她一双二两重的绞丝手镯、一只四钱重的赤金戒指、一条鸡心项链锁在一起。这是母亲的全部家当。冬天的夜晚，整幢房子是冷清清的，屋子里升起火，母亲坐在摇椅上结毛衣，就把首饰盒取出来让我玩，我戴上沉甸甸的手镯，挂上鸡心项链，披上花绸巾，学着京戏里的花旦边做边唱，母亲一直笑着。她的笑容是那么安详、沉静。大门外一声呼喝，就知道是马弁侍候父亲看戏去，车铃声与马蹄声渐渐远去，我问母亲："妈，您为什么不跟爸爸看戏去？"她摇摇头，半晌说："我看你扮花旦，什么地方都不想去了。"

我把梅花摘下来，戴在母亲乌黑的鬓发边说："妈，您戴了真美。"

"我不戴了，不过我很喜欢这朵梅花。因为是你爸爸亲自挑选光彩这么好的宝石给我，他说，那差不多花了他半个月的薪水呢。"

母亲眼神中流露出对父亲无限的感激与依恋。她又微喟了一声说："这是他给我最好的纪念品了。"寂寞的笑容又浮上她的嘴角，好像父亲离她很远很远似的。其实父亲的卧室就在母亲的正对面，中间隔了一座富丽的大厅，摆满了紫檀木的桌椅。这些笨重的桌椅，长年冷冰冰的没有人去坐，大厅里也很少有人走动。因此，这两间屋子就像离得很远很远了。

母亲照顾我睡上床以后，再把首饰一样样万分珍惜地放回首饰盒，锁进抽屉，钥匙的叮叮声是那么的柔和，母亲像把一段美丽的记忆也锁进抽屉里了。

我念初中以后，有一天放学回家，看见母亲用彩色丝线在一张四方白麻纱上绣花。

"您绣什么，妈。"我问她。

"绣一朵小梅花，然后把四周围抽丝缝成一方手帕。"我一看，梅花已经绣好三瓣，一红一绿一蓝，我才恍然母亲是要照着那朵宝石梅花簪子的颜色绣的。我默默地望着母亲，在想她为什么要绣这条手帕。

"后天是你爸爸的生日。"她像在自言自语。

"您是要送爸爸的吗？"

"嗯，你今年十四岁，我们结婚十八年了。这条手帕给他做个纪念。王宝钏苦守寒窑也是十八年。"她调侃似地说。

"妈，这么多年来，您好像从来也没有过一次生日，爸爸也没送过您什么，是吗？"

"我不要他送什么，有这朵梅花就很好了。小春，你还太年轻，不懂得大人的心。人的心是很古怪的，有的人要的很多，有的人却只要有一点点就很满足了。"

"那么，您有什么呢？妈。"

"我有你，还有你爸爸从前对我的好处。"她的嘴边始终浮着那一丝安详、沉静，但却是非常寂寞的微笑。

第二天夜晚，母亲把绣好的手帕，用一张红纸包好，叫我送给父亲，给他暖寿。

"爸，妈送您的生日礼，她特地为您绣的。"我把它递到父亲手中说。

父亲打开来，一看巾角上是一朵彩色梅花，他微微皱了下眉头说："男人怎么用绣花手帕？"

"妈是照着您送她的那朵梅花颜色绣的，给您留个纪念。"

"我送她的梅花？"父亲茫茫然地记不起了。

"您忘了，好多年以前，我还没出生呢，妈说已经十八年了。"

"唔，太久了，我记不得了。"他顿了下，又说："小春，我不用这绣花手帕，送你吧，你拿去。"

他把手帕和红纸一起塞在我手里，显得很疲倦的样子。我瞪眼望着他，愤怒、失望、伤心，使我说不出一句话来；我把手帕与红纸揉成一团，转身奔出房门，不由得泪如雨下。可是我立刻想到，我怎么能再让母亲伤心，让她看见手里的东西呢？于是我连忙转回自己的小书房，把手帕塞进书包，抹去眼泪，装上一脸笑容，走去向母亲复命。

"你爸爸没说什么？"母亲渴切地问。

"他说很好，叫我谢谢您。"我的声音很微弱。

"他没嫌颜色太乡气？"

"没有，因为，因为他知道您是照着那朵梅花绣的。"

"他没忘记那朵梅花？"

"嗯。"我的回答近乎叹息。我心里只想哭，却勉强忍住了，因为母亲在微笑。

"妈，您真痴，真傻。"我在心里喊，喉头哽咽着。我虽才十四岁，可是母亲所受的痛苦太多，我的心也沉甸甸的似乎承受不了了。

绣花手帕一直收在我书包里，可是有一天忽然不见了。我不敢问母亲，只是暗中在找，想是夹在书里，或丢在学校里了。可是很久很久，我都没有再找到。心里虽着急难过，却也无可奈何，粗心的我，却没发现母亲这些日子神情的黯淡。直到有一个大清早醒来，看见母亲呆呆地坐在床沿上。我起来后，她替我梳辫子，幽幽地说："小春，你怎么不快点长大，你快快长大，快快大学毕业。你出嫁时，我要绣一条梅花被面给你。"

"那要花多大工程呀。"

"我绣花的手艺在家乡村子里要数第一，只有你爸爸才不稀罕，把一条绣花手帕都退了回来。"

"妈，您已经知道了？"我大大地吃了一惊。

"我早该知道的，从你那晚回来的神情里就该看得出来的，我只是不愿意往那样想就是了。

后来在小书房里捡到手帕，才知道你爸爸真的什么都不要我的。"

"妈，您太苦了。"我不禁流下泪来。

"别为我难过，小春，我早已不难过了。从你渐渐长大以后，我也渐渐想得开了。"她的声音低沉而平静，一个人承当得太多，忍受得太多，就会有这种低沉平静的声调吗？

我泪眼模糊地望着母亲说："爸太负您了。"

"没有，你别这么说。他只是很老实，不会做假罢了，我很原谅他。"

"妈，您真好。"

"那块手帕，我也收在抽屉里，给你扮花旦时候用。"妈又笑了，多凄苦的笑容啊。

我不再扮花旦了，因为我已经渐渐长大。年光流逝，父母亲都已垂垂老去。病，使父亲的心情转变，他一天天地更怀念旧日纯朴的农村生活，也一天天地更体验到母亲对他宽大无底的爱。

病榻前，我时常看到这一对两鬓苍然的老伴儿，泪眼相看，却又是相视而笑。

"你做的枣泥糕真香真软。"父亲常会这么说。

"是婆婆教我的做法,糯米又是家乡带来自己稻田里种的,所以格外好。"母亲就这么回答。

说起辛劳一辈子的祖母,他们就有说不完的古老事儿。父亲与母亲原是远房表亲,也是童年的游伴。他们就从七八岁在水田里摸田螺,说到送礼饼订婚;从父亲揣着行李出门求功名,说到祖母捏着念佛珠看着父亲军装的照片笑眯眯地去世。然后父亲就说病好以后,一定要回到家乡过清静日子,过庄稼人生活了。于是我也想起了家乡后门外的稻花香、夏夜呱呱的蛙声、园子里鲜甜欲滴的水蜜桃和杨梅,更有冬天屋子里熊熊的炭火上烤的新鲜山薯和窗外压雪的寒梅。

我从我的宝物箱里取出那朵小梅花,递到父亲手里问他:"爸,记得这朵花吗?"

"怎么不记得,是我送你妈的,现在又传家宝似的传给你了。"

爸什么都记起来了,他望着母亲,眼神中满含着歉意,也满含着柔情。

我把小梅花放在手心里,宝石的光彩是多么绚灿美丽啊。

髻

母亲年轻的时候，一把青丝梳一条又粗又长的辫子，白天盘成了一个螺丝似的尖髻儿，高高地翘起在后脑，晚上就放下来挂在背后。我睡觉时挨着母亲的肩膀，手指头绕着她的长发梢玩儿，双妹牌生发油的香气混合着油垢味直熏我的鼻子。有点儿难闻，却有一份母亲陪伴着我的安全感，我就呼呼地睡着了。

每年的七月初七，母亲才痛痛快快地洗一次头。乡下人的规矩，平常日子可不能洗头。如洗了头，脏水流到阴间，阎王要把它储存起来，等你死后去喝，只有七月初七洗的头，脏水才流向东海去。所以一到七月七，家家户户的女人都要有一大半天披头散发。有的女人披着头发美得跟葡萄仙子一样，有的却像丑八怪。比如我的五叔婆吧，她既矮小又干瘪，头发掉了一大半，却用墨炭画出一个四四方方的额角，又把树皮似的头顶全抹黑了。洗过头以后，墨炭全没有了，亮着半个光秃秃的头顶，只剩后脑勺一小撮头发，飘在背上，在厨房里摇来晃去帮我母亲做饭，我连看都不敢冲她看一眼。可是母亲乌油油的柔发却像一匹缎子似的垂在肩头，微风吹来，一绺绺的短发不时拂着她白嫩的面颊。她眯起眼睛，用手背拢一下，一会儿又飘过来了。她是近视眼，眯缝眼儿的时候格外的俏丽。我心里在想，如果爸爸在家，看见妈妈这一头乌亮的好发，一定会上街买一对亮晶晶的水钻发夹给她，要她戴上。妈妈一定是戴上了一会儿就不好意思地摘下来。那么这一对水钻夹子，不久就会变成我扮新娘的"头面"了。

父亲不久回来了，没有买水钻发夹，却带回一位姨娘。她的皮肤好细好白，一头如云的柔发比母亲的还要乌，还要亮。两鬓像蝉翼似的遮住一半耳朵，梳向后面，挽一个大大的横爱司髻，像一只大蝙蝠扑盖着她后半个头。她送母亲一对翡翠耳环。母亲只把它收在抽屉里从来不戴，也不让我玩，我想大概是她舍不得戴吧。

我们全家搬到杭州以后，母亲不必忙厨房，而且许多时候，父亲要她出来招呼客人，她那尖尖的螺丝髻儿实在不像样，所以父亲一定要她改梳一个式样。母亲就请她的朋友张伯母给她梳了个鲍鱼头。在当时，鲍鱼头是老太太梳的，母亲才过三十岁，却要打扮成老太太，姨娘看了只是抿嘴儿笑，父亲就直皱眉头。我悄悄地问她："妈，你为什么不也梳个横爱司髻，戴上姨娘送你的翡翠耳环呢？"母亲沉着脸说："你妈是乡下人，哪儿配梳那种摩登的头，戴那讲究的耳环呢？"

姨娘洗头从不拣七月初七，一个月里都洗好多次头。洗完后，一个小丫头在旁边用一把粉红色大羽毛扇轻轻地扇着，轻柔的发丝飘散开来，飘得人起一股软绵绵的感觉。父亲坐在紫檀木榻床上，端着水烟筒噗噗地抽着，不时偏过头来看她，眼神里全是笑。姨娘抹上三花牌发油，香风四溢，然后坐正身子，对着镜子盘上一个油光闪亮的爱司髻，我站在边上都看呆了。姨娘递给我一瓶三花牌发油，叫我拿给母亲，母亲却把它高高搁在橱背上，说："这种新式的头油，我闻了就反胃。"

母亲不能常常麻烦张伯母，自己梳出来的鲍鱼头紧绷绷的，跟原先的螺丝髻相差有限，别说父亲，连我看了都不顺眼。那时姨娘已请了个包梳头刘嫂。刘嫂头上插一根大红签子，一双大脚丫子，托着个又矮又胖的身体，走起路来气喘吁吁的。她每天早上十点钟来，给姨娘梳各式各样的头，什么凤凰髻、羽扇髻、同心髻、燕尾髻，常常换样子，衬托着姨娘细洁的肌肤，袅袅婷婷的水蛇腰儿，越发引得父亲笑眯了眼。

刘嫂劝母亲说："大太太，你也梳个时髦点的式样嘛。"母亲摇摇头，响也不响，她噘起厚嘴唇走了。母亲不久也由张伯母介绍了一个包梳头陈嫂。她年纪比刘嫂大，一张黄黄的大扁脸，嘴里两颗闪亮的金牙老露在外面，一看就是个爱说话的女人。她一边梳一边叽里呱啦地从赵老太爷的大少奶奶，说到李参谋长的三姨太，母亲像个闷葫芦似的一句也不搭腔，我却听得津津有味。有时刘嫂与陈嫂一起来了，母亲和姨娘就在廊前背对着背同时梳头。只听姨娘和刘嫂有说有笑，这边母亲只是闭目养神。陈嫂越梳越没劲儿，不久就辞工不来了。我还清清楚楚地听见她对刘嫂说："这么老古董的乡下太太，请什么包梳头呢？"我都气哭了，可是不敢告诉母亲。

从那以后，我就垫着矮凳替母亲梳头，梳那最简单的鲍鱼头。我踮起脚尖，从镜子里望着母亲。她的脸容已不像在乡下厨房里忙来忙去时那么丰润亮丽了，她的眼睛停在镜子里，望着自己出神，不再是眯缝眼儿地笑了。我手中捏着母亲的头发，一绺绺地梳理，可是我已懂得，一把小小黄杨木梳，再也理不清母亲心中的愁绪。因为在走廊的那一边，不时飘来父亲和姨娘朗朗的笑语声。

我长大出外读书以后，寒暑假回家，偶然给母亲梳头，头发捏在手心，总觉得愈来愈少。想起幼年时，每年七月初七看母亲乌亮的柔发飘在两肩，她脸上快乐的神情，心里不禁一阵阵酸楚。母亲见我回来，愁苦的脸上却不时展开笑容。无论如何，母女相依的时光总是最最幸福的。

在上海求学时，母亲来信说她患了风湿病，手臂抬不起来，连最简单的螺丝髻儿都盘不成样，只好把稀稀疏疏的几根短发剪去了。我捧着信，坐在寄宿舍窗口凄淡的月光里，寂寞地掉着眼泪。深秋的夜风吹来，我有点冷，披上母亲为我织的软软的毛衣，浑身又暖和起来。可是母亲老了，我却不能随侍在她身边，她剪去了稀疏的短发，又何尝剪去满怀的悲绪呢！

不久，姨娘因事来上海，带来母亲的照片。三年不见，母亲已白发如银。我呆呆地凝视着照片，满腔心事，却无法向眼前的姨娘倾诉。她似乎很体谅我思母之情，絮絮叨叨地和我谈着母亲的近况。说母亲心脏不太好，又有风湿病，所以体力已不大如前。我低头默默地听着，想想她就是使我母亲一生郁郁不乐的人，可是我已经一点都不恨她了。因为自从父亲去世以后，母亲和姨娘反而成了患难相依的伴侣，母亲早已不恨她了。我再仔细看看她，她穿着灰布棉袍，鬓边戴着一朵白花，颈后垂着的再不是当年多彩多姿的凤凰髻或同心髻，而是一条简简单单的香蕉卷。她脸上脂粉不施，显得十分哀戚，我对她不禁起了无限怜悯。因为她不像我母亲是个自甘淡泊的女性，她随着父亲享受了近二十年的富贵荣华，一朝失去了依傍，她的空虚落寞之感，将更甚于我母亲吧。

来台湾以后，姨娘已成了我唯一的亲人，我们住在一起有好几年。在日式房屋的长廊里，我看她坐在玻璃窗边梳头。她不时用拳头捶着肩膀说："手酸得很，真是老了。"老了，她也老了。当年如云的青丝，如今也渐渐落去，只剩了一小把，且已夹有丝丝白发。想起在杭州时，她和母亲背对着背梳头，彼此不交一语的仇视日子，转眼都成过去。人世间，什么是爱，什么是恨呢？母亲已去世多年，垂垂老去的姨娘，亦终归走向同一个渺茫不可知的方向，她现在的光阴，比谁都寂寞啊！

我怔怔地望着她，想起她美丽的横爱司髻，我说："让我来替你梳个新的式样吧。"她怅然一笑说："我还要那样时髦干什么，那是你们年轻人的事了。"

我能长久年轻吗？她说这话，一转眼又是十多年了，我也早已不年轻了。对于人世的爱、憎、贪、痴，已木然无动于衷。母亲去我日远，姨娘的骨灰也已寄存在寂寞的寺院中。这个世界，究竟有什么是永久的，又有什么是值得认真的呢？

母亲那个时代

　　"小春，妈妈的脚后跟好疼，真想躺下来霎霎才好。"

　　记得小时候，母亲时常这样对我说。而事实上，她别说躺下来，就连在硬梆梆的条凳上坐一会儿都难呢！母亲一双放大的粽子脚，在厨房里转来转去。二三月天，水门汀地湿漉漉还了潮，她好几次都差点滑倒。一个燕子翻身，她连忙抱住桌脚或柱子，却转过头来笑骂我："小丫头，快出去玩，别在这儿碰来碰去的。"我就在碗橱里抓一块热腾腾的红烧肉，塞进嘴里就跑了。可是不一会儿又回来黏上她了。

　　她每天上午忙完十点钟长工们的点心，就得忙一家人的午饭。洗完午饭吃下来的盘碗以后就得喂猪，喂鸡鸭。四点钟，当我把她烧好的点心送到田里给长工回来时，母亲已经把晚饭的菜炒得香喷喷的了。有时，她也会在灶边坐下来喊脚后跟疼，叫我替她捏几下。我在她面前蹲下来捏不到十下，忽然想起老师点的《孟子》还没背熟，就一溜烟地跑了。母亲气起来骂："懒丫头，等你自己做了娘，就知道脚后跟疼是什么滋味了。"

　　长大点进了中学，才知道有个纪念妇女运动的节日在三月八日，老师告诉我们，男女是平等的，女子也要去社会上做事，不是只钻在厨房里给丈夫做饭的。我回来告诉母亲这个好消息。她笑笑说:"女人不在厨房里做饭,一家子都饿肚子呀!什么运动不运动,我在厨房里成天兜圈子不也是运动吗?"说得长工们都笑了。

母亲是个具备三从四德的旧式妇女,她自幼承受的母教就是勤劳、节俭和容忍。自从和我父亲结婚以后,她孝顺地侍奉翁姑,默默中满怀着情爱,期待丈夫的学成、为官,迎她上任所享受荣华富贵。虽然她直到花甲之年,仍未曾获得终生期待的情爱,也未曾真正享受过荣华富贵,她却一切都默默地承受了。她在泪光中看着我一天天长大,看我穿上短衫青裙,踏进女子中学,毕业后又进入洋里洋气的教会大学,她一点也没有看不顺眼。她紧锁的眉峰展开了笑靥,她的思想随着女儿所受的教育一天天的开明、丰富起来。她曾讲过许多三贞九烈的女性传奇故事给我听,我也讲秋瑾、南丁格尔的故事给她听。谈到妇女运动时,她总是笑嘻嘻地说:"男女固然要平等,但有许多男人们不会做的事,还是得女人来承当。你说三八是国际性的妇女节日,那么我们中国妇女,越发应当表现我们的好德行,才显得中国女子比外国女子更强呢!"

母亲所说的好德行当然是指的勤劳、节俭和容忍。我虽然觉得母亲的容忍似乎太过了点,但我却想不出理由来反驳她。因为我深深感到自己能享受完整的家庭之爱,就是由于母亲伟大的容忍。

几十年来,中国妇女的社会地位,已与男子并驾齐驱,可是想起母亲那个时代,和她对我温柔敦厚的女性教育,却仍觉得是亘古长新。因为母亲的德行启示我，女性人格上的独立平等和她们所表现的潜能，使她们的成就，绝不在男子之下。因为她们除了同样从事于社会工作之外，还多一份相夫教子的重任呢！

三八节每年都来临，追思旧时代，更想想生长在新时代中的幸福女性，我们应当拿什么来纪念和庆祝这个属于我们的节日呢？

母亲的偏方

愈是各色各样的特效药不胜枚举,我愈是怀念母亲的偏方。

我外公是地方上人人都信赖的一位医药顾问,因此母亲也成了半个土郎中。我是母亲的独生女儿,从小多病,不说从药罐里长大的,至少也是从母亲的偏方里长大的。到今天,我还是常常拿母亲的偏方治自己的"东痛西痛",治外子的福尔摩斯鼻子——敏感症,治儿子的伤风隔食。倒不是为省钱,是因为那些偏方确实百无一害,而且不像退烧针那么霸道,抗生素那么败胃,外科医生动刀动剪子那种惊心动魄。那些"药"是那么的温和、可口、香气扑鼻。我服药时心头有一份安全感,像躺在母亲的身边,接受她细心的照护。

我早上常喊嗓子疼,"疼得小舌头都掉下来了。"我这样告诉母亲。她就不慌不忙地用象牙筷子蘸上精盐(那时食用都是粗盐巴,一包精盐还是从杭州带来的,母亲把它当人参粉似的宝贝着),在我喉头两个看门的小把戏(扁桃腺)上各点一点,过一会儿再用盐汤漱漱口。不到下午,喉头就不疼了。

"每天早餐前喝杯盐汤,百病消除,盐汤就是参汤。"母亲说的。我家乡喊盐开水为盐汤,而母亲的盐汤又与众不同。

因为她是用佛堂前供的净水煮开了冲的。她说净水有菩萨保佑，格外"坐火"（即消炎），喝了长命百岁。因此左邻右舍常来向母亲讨净水。尤其是二三月里，小孩子出麻疹的季节，母亲的净水生意兴隆，供不应求。我看母亲把供过的一盏盏浮着香灰的净水，倒在玻璃缸里，过不久香灰就沉下去了。母亲说净水越陈越灵。现在想想，也许那就是天然的抗生素吧，因为它真管事嘛！

我最容易伤风咳嗽，如没到发烧的程度，母亲是不勉强给我止咳的。"咳出了气自然会好的。你外公说，小孩子要咳点嗽，好叫肺长大些。"母亲说。我现在一口气跑四层楼还不怎么喘大气，也许就因为小时候已经把肺活量咳大了。假如实在咳得太久，母亲就在院子里采几张新鲜枇杷叶，刷得干干净净的，熬汤给我喝，或是拿麦芽糖蒸萝卜水给我喝，我自然是爱喝甜甜的萝卜水咯！

如果我呆头呆脑的不跳不闹了，母亲用自己的额角贴在我额角上试一下，知道我发烧了（那时没体温计，她也用不着，一贴额角就知道烧得多高。），一定是伤风加上肠胃停食，午时茶就来了。母亲的午时茶也不是药铺里的成药，她是按着外公的方子配的，炒过的茶叶、米、鸡蛋壳、焙焦的鸡肫皮、烤过的生姜块。五样名堂包在一张粗草纸里，搁在水缸边"抽"去了火气，然后用净水熬给我喝。苦苦的，也香香的，喝下去盖上被子出身汗，烧就会慢慢退去。退烧后一定是头痛，四肢酸痛。母亲再用大块的生姜在菜籽油里煎炀了，在我太阳穴和四肢关节处揉擦，擦得我好舒服啊，就睡着了。

有时我吃饱了就在冷风地里跳，回来又喊肚子疼。母亲叫我赶紧躺下，先灌一碗热姜汤，再炒一把盐，或是买点硝粉，毛巾包了焐在我肚脐眼上，不到一个钟头就完全好了。

可是有时候我的头痛连生姜也擦不好，外公说是头风，母亲竟用嘴对着我太阳穴和额角正中用力地嘬，眉心嘬成一个红印，风就被嘬出来了，头也不痛了。慈爱伟大的母亲啊，如今我时常犯偏头痛，想起您为我嘬头风的情景，不由得泪水湿透枕边。

冬天里，母亲给我的"代茶"是橘子皮橄榄糖茶，又香又甜，通气健胃。夏天里，给我的"冷饮"是绿豆莲子心加冰糖，清凉解毒。三伏天，每天下午一定要喝一杯鲜荷叶泡的水，去暑气的。我野得满头满身的痱子，她就用苦瓜熬水给我洗澡，然后抹上绿叶散加冰片，好凉爽啊！

有一年，我腿上长了个大疮，又痛又痒。母亲用茶卤给我洗，再撒上松花粉，可是不管事，疮口愈烂愈大了。母亲生怕她的宝贝女儿破了相，忽然想起外公不轻易使用的"特效药"，在墙角落里挖来白色的蜘蛛窝，用红糖捏捏，贴在疮上，居然几天就好了。如果现在的外科医师拿它来化验一下，里面准是土霉素呢。

又有一次，顽皮的五叔被蜈蚣咬了一口，膀子肿得跟冬瓜似的。母亲叫阿荣伯捉来一只大蜘蛛，搁在他创口上，让它吮吸蜈蚣的毒液。这是急救治，蜈蚣和蜘蛛是犯冲的。吸过以后，创口就不太痛，再敷上麻油和的不知什么药就好了。母亲叫五叔赶紧把蜘蛛放在一个盛水的小碟子里，让它慢慢吐出毒液，蜘蛛才不会死。母亲说："它救了你，你不能让它中毒死去，这是知恩报恩。"母亲就是这般慈悲为怀的一个人。

母亲是如此一位全科医生，可是父亲从北平回来后，对她的土法治疗大为摇头。他认为我时常伤风咳嗽是由于扁桃腺作祟，坚持要割除。母亲一听说要动刀就心疼得流泪。父亲没法就来利诱我："小春，我带你去城里割扁桃腺，城里多好玩，我买一个会哭、会翻大眼睛、会吃奶、会撒尿的洋囡囡给你，还让老师放你一个月假，整整一个月，你不用背《孟子》，不用习大小字，你去不去？"

"我去，我去！"我乐得直拍手，"爸爸，我们明天就去！"我们坐爸爸自己开的小汽艇，乘风破浪地进城，好开心。可是一进医院，看见到处都是白，闻见到处都是消毒药水味，我就吓得要回家。我宁愿不要会吃奶撒尿的洋囡囡，我宁愿由母亲用象牙筷伸到我喉咙里点盐巴，我不要开刀。可是离开母亲，父亲就凶了。像杀猪似的，我被绑在椅子上，剪下了两颗扁桃腺。那个拿亮晃晃剪子的医生伯伯，我直到二十岁见了他还打哆嗦，因为他实在剪得我太疼了。不知道他为何不多抹点麻醉药。现在我左边的扁桃腺仍常闹敏感，难道它又长出来了？

偏方的时代是过去了，医学昌明的今日，当然不会有人拿陈年蜘蛛网当土霉素消炎。但是，用生姜擦四肢去风邪，在我的体验里比服强力伤风克舒服得多，用热盐或硝粉焐肚子助消化也颇为见效。尤其是盐水漱口消炎，仍为外科大夫所采用。不信的话，你去医务室看嗓子疼，请大夫开点漱口水，他们常会摇一下笔尖又停下来说："冲杯盐水漱漱口吧。"

盐是最消毒的，而且没有那股子"臭药水"的味道。

克姑妈的烦恼

喜欢看电视的人，大概记得《神仙家庭》节目中有一位颤巍巍的克姑妈。她年轻时也跟她侄女一样，呼风唤雨，法力无边。可是现在老了，咒语记不完全，背得七颠八倒，变出来的东西全不是那么回事。于是搅得家里人仰马翻，愈帮愈忙。看戏的哄然大笑，觉得克姑妈糊涂得可爱。我尤其喜欢看她，因为我家就有两个克姑妈，一个是望七之年的女工林嫂，一个就是我自己。

克姑妈在戏里那么逗，可是在实际生活里却真叫人烦恼。举个例来说吧，我常常忽然想起一件事要跟外子商量，喊了他一声以后，却怎么也想不起那是一件什么事。他就拖着四川长音说："算了算了，想不起来一定不是什么急得要命的事。"我却固执地非把它想起来不可，等想起来时，他又沉入他的书报中不便打搅了，不然他又该怪我说话不是时候了。

至于钥匙钢笔之类，明明记得放在东边，却偏偏在西边出现的事儿，更是司空见惯。外子说这是闹狐仙。于是家里又出现了两个狐仙。一个是我，一个是我那十二岁半的儿子。他就利用我记忆力的衰退，把罐子里的糖果饼干，由多变为少，由有变为无，却硬说是妈妈八百年前买的，或甚至根本没有买过，我也只好恍兮惚兮地认了。有一次，我叫他为我找来老花眼镜，我匆匆戴上，顿觉眼前一片昏黑，字迹模糊不清。我想：糟了，工作过度，视力不行了。他又赶紧递来另一副说："妈妈，狐仙给你变一副好的。"原来他故意把太阳眼镜给我充老花眼镜，吓得我精神几乎崩溃，他就如此地捉弄我。

我觉得闹闹狐仙倒还有趣，只是克姑妈的丢三忘四叫人苦不堪言，尤其是女工林嫂。她除了牢牢看住大门外，在家务上，简直搞得一团糟。任何事，我都无法托她办。比如说去菜场吧，她几乎每次是丢了钱，忘了菜，然后叫一辆计程车回家。做菜呢，该蒸的炒，该切片的切丝，该放盐的放糖，端出来的菜，就是糖儿酱儿醋儿和在一起，别有一番滋味。

丈夫和孩子吃不下饭，只好我这个年轻点的克姑妈亲自下厨房。

更有一样，她每晚必定出去"踢托"，十二时左右才回家，我真担心她的安全，她却得意扬扬地说："过十字路口时，我只要一招手，计程车就会停下来让我先过马路。我的手臂比警察的指挥棒还灵。"她却没听见司机看她招呼了又不上车会怎么骂她呢。

以前我偶然患健忘症，总是原谅自己，由于工作太忙，疲劳过度所致。现在知道是由于不饶人的年龄，更年期的现象。

傻头傻脑的儿子曾问我："妈妈，你常常说更年期到了，什么叫作更年期？"我只好对他说："年纪渐渐大了，就要由一个阶段进入另一个阶段，也就是更年期。"他恍然大悟地说："那么我小学毕业，也要更了年才能进中学了。"想来也不无道理。人自从呱呱堕地到长大衰老，哪一天不在更年呢。儿子还说过："妈妈，你现在别老，等我长大了，我和爸、妈三人一起老。"这种意识流的现代派想法，叫人听了又感慨又高兴。有这么个愿意陪我们一起老的傻儿子，一片孝心，在我们也于愿足矣。

在家中，他自称狐仙第一号，喊我克姑妈第二号，把第一号封给了林嫂，他认为妈妈并没糊涂到那种程度。妈妈做的菜还是最好吃的，妈妈讲的历史故事还是最动听的。还有妈妈买来大包小包的零食，过一两天就忘得一干二净，原是馋嘴的狐仙求之不得的事啊。

今天，当我写了《克姑妈的烦恼》这题目时，他在一旁安慰我说："亲爱的克姑妈，千万别烦恼，你有个狐仙儿子，爸爸虽是凡人，却能帮你把戏法变回来，我们也是一份神仙家庭呢！"

妈妈哭了

昨晚我临睡时，走到你床边看你，你好像已经睡熟了。但眼角的泪痕还没有完全干。我不禁万分歉疚地俯下身子，吻了你热乎乎的脸颊。你却睁开眼睛，清醒地问我："妈妈，你要干什么？"我说："没有十什么，妈看看你被子有没有盖好。你怎么还没睡呢？"你说："我要等爸爸回来。"我告诉你："爸爸有应酬，马上就要回来了，你乖乖地睡吧！"可怜的孩子，是不是因为妈在教算术时打了你，你心里委屈，睡不着觉呢？妈多少次对自己说，楠儿真是个好孩子，我一定得好好教他，不要打他了。但当我教了你算术几遍，你还是念"一一得一、二二得二、三三得三"时，我就忍不住火了。但是打你的手还没收回，我心里就后悔了。可是我的脸色一时缓和不下来，我不能马上对你说："你好好做，我不打你。"

昨晚你的功课做得特别糟，字写得跟鬼画桃符似的，不由我看了不生气。这一学期里，你写字从没得过甲。你说："哼，还有人得丙呢！"你好像得"乙"是天公地道的。我要你望上比，你偏偏望下比。儿子，你不知道妈多么盼望你能出人头地。

我曾解释"出人头地"四个字给你听，问你懂不懂。你说："懂，懂，那就是样样都比旁人好，长得比旁人高。"于是你爬上凳子跟爸爸比，得意地说："妈，你看，我已经出爸爸的头地了。"孩子，我真巴不得你快快长大，高过你爸爸的头。那时，我就放心了。你们父子俩一定谈得情投意合，你再不用担心我或你爸爸的巴掌会落到你屁股上了。

你的天性淳厚而且诚实。由一件事情上就可看得出来。每次饭后吃水果，橘子都归你剥开来分配。爸爸几瓣，妈妈几瓣，你自己几瓣。你又得运用可怜的算术根底算上半天，最后自己拿最小的。我问你为什么不多吃点，你说："爸爸说的，小孩子将来长大了吃的日子长得很，应当让爸妈多吃点。"我对你爸爸说："听你的孝顺儿子说得多好。"你高兴起来，又塞一瓣橘子在我嘴里。我吸尽橘子的汁水，好甜好甜啊！

今天下午下班时，交通车到巷口，就看见一个矮矮小小的影子，在蒙蒙细雨中一蹦一跳地跑向我。一把搂住我连声喊妈妈。你牵住我的手，边走边告诉我你吃了四片饼干，二十粒花生米，还给了阿英十粒吃。你说："妈妈，我下午在家好寂寞哟。老师叫我写日记，我就写寂寞的下午。"我听了心里又感动又抱歉。我和你爸都不得不上班，把你一个人丢在家里。你却能写出一篇作文来，谁说我的儿子不聪明不乖呢？你一路和我说着话，昨晚打你的事，你已忘得一干二净了。

我头痛躺在床上休息，你一直在旁边陪我，给我烤面包、端茶，又给我满脑门满鼻子地抹百花油。辣得我直淌眼泪。你说："啊，妈妈哭了，妈妈生病就哭咯。"孩子，看你这么孝顺，这么懂事，我和你爸爸心里都万分忏悔，不该打你，你真是我们的乖乖儿子啊。

妈的眼泪还一直在流，不知是百花油给辣的，还是妈真的哭了。孩子，妈再也不打你了。

外祖父的白胡须

　　我没有看见过我家的财神爷，但我总是把外祖父与财神爷联想在一起。因为外祖父有三绺雪白雪白的长胡须，连眉毛都是雪白的。手里老捏着旱烟筒，脚上无论夏天与冬天，总拖一双草拖鞋，冬天多套一双白布袜。长工阿根说财神爷就是这个样儿，他听一个小偷亲口讲给他听的。那个小偷有一夜来我家偷东西，在谷仓里挑了一担谷子，刚挑到后门口，却看见一个白胡子老公公站在门边，拿手一指，他那担谷子就重得再也挑不动了。他吓得把扁担丢下，拔腿想跑，老公公却开口了："站住不要跑。告诉你，我是这家的财神爷，你想偷东西是偷不走的。你没有钱，我给你两块洋钱，你以后不要再做贼了。"他就摸出两块亮晃晃的银圆给他，叫他快走，小偷从此不敢到我家偷东西了。所以地方上人人都知道我家的财神爷最灵，最管事。外祖父却摸着胡子笑眯眯地说："哪一家都有个财神爷，就看这一家做事待人怎么样。"

　　外祖父是读书人，进过学，却什么都没考取过。后来就在祠堂里教私塾，在地方上给人义务治病。他医书看得很多，常常讲些药名或简单的方子给妈妈听。因此妈妈也像半个医生，什么茯苓、陈皮、薏米、红枣，无缘无故的就熬粥喂我喝，说是理湿健脾的。外祖父坐在厨房门口的廊檐下，摸着长胡须对妈妈说："别给孩子吃药，我虽给旁人治病，自己活这么大年纪，却没吃过药。"他说耳不医不聋，眼不医不瞎，上天给人的五官与内脏机能，本来都是很齐全的，好好保养，人人都可活到一百岁。他说他自己起码可以活到九十以上，因为他从不生气。我看着他的雪白胡须，被风吹得飘呀飘的，很相信他说的话。

冬天，他最喜欢叫我端两张竹椅，并排儿坐在后门矮墙边晒太阳。夏天就坐在那儿乘凉，听他讲那讲不完的故事。妈妈怕他累，叫我换张靠背藤椅给他，他都不要。那时他七十多岁，腰杆挺得直直的，没有一点伛偻的老态。他对我说：古书里有个"兮"字，是表示肚子里有气，这口气到喉咙口又给堵住了，透不出来，八字须子气得翘，连背都驼了。他把"兮"字画给我看，所以我"人手足刀尺"还不认识，第一个先认识"兮"字。长大后读楚辞，看见那么多"兮"字，才知道这位愤世爱国的诗人，颜色憔悴，形容枯槁地行吟泽畔，终于自沉而死，心里有多么痛苦。

坐在后门口的一件有趣的工作，就是编小竹笼。外祖父用小刀把竹签削成细细的，教我编一个个四四方方的小笼子。笼子里面放圆卵石，编好了扔着玩。有一次，我捉一只金龟子塞在里面，外祖父一定要我把它放走，他说虫子也不可随便虐待的。他指着墙脚边正在排队搬运食物的蚂蚁说："你看蚂蚁多好，一个家族同心协力地把食物运回洞里，藏起来冬天吃，从来没看见一只蚂蚁只顾自己在外吃饱了不回家的。"他常常故意丢一点糕饼在墙角，坐在那儿守着蚂蚁搬运，嘴角一直挂着微笑。妈妈说外祖父会长寿，就是因为他看世上什么都是好玩的。

要饭的看见他坐在后门口，就伸手向他讨钱。他就掏出枚铜子给他。一会儿，又一个来了，他再掏一枚给他。一直到铜子掏完为止，摇摇手说："今天没有了，明天我换了铜子你们再来。"妈妈说善门难开，叫他不要这么施舍，招来好多要饭的难对付。他像有点不高兴了，烟筒敲得咯咯的响，他说："哪个愿意讨饭？总是没法子才走这条路。"有一次，我亲眼看见一个女乞丐向外祖父讨了一枚铜子，不到两个钟头，她又背了个孩子再来讨。我告诉外祖父说："她已经来过了。"他像听也没听见，又给她一枚。我问他："您为什么不看看清楚，她明明是欺骗。"他说："孩子，天底下的事就这样，他来骗你，你只要不被他骗就是了。一枚铜子，在她眼里比斗笠还大，多给她一枚，她多高兴！这么多讨饭的，有的人确是好吃懒做，但有的真是因为贫穷。我有多的，就给他们。也许有一天他们有好日子过了，也会想起从前自己的苦日子，受过人的接济，他就会好好帮助别人了，那么我今天这枚铜圆的功效就很大了。"他喷了口烟，问我："你懂不懂？""懂是懂，不过我不大赞成拿钱给骗子。"我说。"骗人的人也可以感化的，我讲个故事给你听，孙中山先生就是位最慷慨、最不计较金钱的人，他自己没钱的时候，人家借给他钱，他不买吃的、穿的，却统统买了书。他说钱一定要用在正正当当的地方。所以他宣传革命的时候，许多人向他借钱，他都给。那时他的朋友胡汉民先生劝他说：许多人都是来骗你钱的，你不可太相信他们。他说没有关系，这么多人里面，总有几个是真诚的，后来那些向他拿过钱，原只是想骗骗他的人，都受了他的感动，纷纷起来响应他了。这一件事就可证明，人人都可做好人。当他是坏人，他也许真的变坏，当他好人，就是偶然犯了过错，也会变好的。而诚心诚意待人，一定可以感动对方的。

他忽然轻声轻气地问我："你知不知道那一次你家财神爷吓走了小偷是怎么回事？"

"不知道。"

"你别告诉人，那个白胡子财神爷就是我呀。"

"外公，您真好玩，那个小偷一定不知道。"

"他知道，他不好意思说，故意那么告诉人的。我给他两块银圆，劝说他一顿，他以后就去学手艺，没有再做小偷了。"

他又继续说："我不是说过吗？哪一家都有个财神爷，一个国家也有个财神爷，做官的个个好，老百姓也个个好，这个国家就会发财，就会强盛。"

这一段有趣的故事，使我一直不会忘记，进中学以后，每次圣诞节看见舞台上或橱窗里白眉毛白胡子的圣诞老公公，就会想起我家的财神爷我的外祖父，和他老人家对我说的那段话。

"施比受更为有福。"这是中外古今不变的真理，外祖父就是一位专门赐予快乐给人们的仁慈老人。

我现在执笔追叙他的小故事，眼前就出现他飘着白胡须的慈爱脸容。他活到九十六岁，无疾而终。去世的当天早晨，他自己洗了澡，换好衣服，在佛堂与祖宗神位前点好香烛，然后安安静静地靠在床上，像睡觉似的睡着去世了。可是无论他是怎样地仙逝而去，我还是禁不住悲伤哭泣。因为那时我双亲都已去世，他是唯一最爱我的亲人，我自幼依他膝下多年，我们祖孙之爱是超乎寻常的。记得最后那一年腊月二十八，乡下演庙戏，天下着大雪，冻得足手都僵硬了。而每年腊月的封门戏，班子总是最蹩脚的，衣服破烂，唱戏的都是又丑又老，连我这个戏迷都不想去看，可是外祖父点起灯笼，穿上钉鞋，对我与长工阿根说："走，我们看戏去。"

"我不去，外公，太冷了。"

"公公都不怕冷，你怕冷？走。"

他一手牵我，一手提灯笼，阿根背长板凳，外祖父的钉鞋踩在雪地里，发出沙沙的清脆声音。他走得好快，到了庙里，戏已开锣了，正殿里零零落落的还不到三十个人。台上演的是我看厌了的《投军别窑》，一男一女的哑嗓子不知在唱些什么。武生旧兮兮的长靠后背，旗子都只剩了两根，没精打采地垂下来。可是唱完一出，外祖父却拼命拍手叫好。不知什么时候，他给台上递去一块银圆，叫他们来个"加官"，一个魁星兴高采烈地出来舞一通，接着一个白面戴纱帽穿红袍的又出来摇摆一阵，向外祖父照了照"洪福齐天"四个大字，外祖父摸着胡子笑开了嘴。人都快散完了，我只想睡觉，可是我们一直等到散场才回家。路上的雪积得更厚了，老人的长筒钉鞋，慢慢地陷进雪里，再慢慢地提起来，我由阿根背着，撑着被雪压得沉甸甸的伞，在摇晃的灯笼光影里慢慢走回家。阿根埋怨说："这种破戏看它做什么？"

"你不懂，破班子怪可怜的，台下没有人看，叫他们怎么演得下去，所以我特地去捧场的。"外祖父说。

"你还给他一块大洋呢。"我说。

"让他们打壶酒，买斤肉暖暖肠胃，天太冷了。"

红灯笼的光晕照在雪地上，好美的颜色。我再看外祖父雪白的长胡须，也被灯笼照得变成粉红色了。我捧着阿根的颈子说："外公真好。"

"唔，你老人家这样好心，将来不是神仙就是佛。"阿根说。

我看看外祖父快乐的神情，就真像是一位神仙似的。

那是我最后一次跟外祖父看庙戏，以后我出外求学，就没机会陪他一起看庙戏，听他讲故事。

现在，我抬头望蔚蓝晴空，朵朵白云后面，仿佛出现了我那雪白长须的外祖父，他在对我微笑，也对这世界微笑。

白　发

　　梧桐树上飘下了片片黄叶，有几人能不慨叹一声"又是秋天了"？人过了中年，第一次在自己头上发现一两根白发的时候，心情也很难保持平静。落叶告诉我们"一年容易"，白发象征着老之将至。这都是惹人感伤、无可奈何的现象，可是这种现象又岂能避免呢？

　　"美人自古如名将，不许人间见白头。"可见女人先天爱美的心，总不愿头上早早出现白发。可是白发却像秋霜冬雪，迟早总要飘落下来的，谁又能保持一辈子的青春年少呢？

　　你越是怕容颜老去，你的心情反而越老得快。尼采说的："许多人的心灵先老，许多人的精神先老，有些人年轻时就老了。但是迟到的青春是持久的青春。"这话是值得我们深思的。

　　记得我二十多岁时，就学着写老气横秋的句子："不记秋归早晚，但觉愁添两鬓，此恨几人同。"老师曾笑我说："不要无病呻吟，年事长大有何可悲？只要能保持健康愉快的心情，人就会永远年轻的。"如今年岁真的长大了，头上的白发已不只一两根了，才真正体味到中年也有中年的乐趣。因为中年人的心比较的沉静、悠闲。许多年轻时候使我哭过、使我笑过的事情，如今回想起来，都别有一番隽永的滋味。从前许多想不通的世事人情，如今也看得云淡风轻，提得起也放得下了。生命是丰富的，如能永久保持"花落春犹在"的乐观心理，由中年而渐入老年，又未始不是一样有情趣、有意义呢？

在我记忆中，有两位白发老妇人是我终生钦敬思念的，一位是我的乳娘，一位是我在中学执教时的女校长。我幼年时因母亲体弱多病，四岁前都由乳娘带领。长大后因住在杭州，与家乡的乳娘一直没有见面。毕业后回到故乡，从乌篷船中探出头来，第一眼望见的就是一位白发苍苍的老妈妈。

我已不认得她是谁，她却一步上前，紧紧捏着我的手臂，老泪纵横地喊我的乳名，我才想起她就是我日夕思念中的乳娘。那时母亲已经去世，我不禁扑在她怀中呜咽哭泣起来。我们相扶着穿过青青的稻田，回到阔别多年的老屋里。我如同偎依在母亲身边似的，尽情享受着乳娘给我的爱抚。在我心目中，她的笑容，她的眼泪，她的白发，实在是世界上最美的了。可是不久，乳娘去世了，我孤寂的心灵又一度感到无依。在一个中学教书时，一位七十高龄的外国女校长却给了我不少的鼓励与启示。每天一早，我总从窗口远远望着她捧着《圣经》，挺直了背脊，精神百倍地走进礼拜堂。她那一头银丝似的白发，在粉红的晨曦中闪着亮光，映照着她白里透红的皮肤，显得她健康极了，也快乐极了。她浑身散发着一股青春的爱力，使每一个人都那么喜欢接近她，信赖她。

她时常招呼我到她温暖的小屋里坐坐，喝杯茶，听她弹着钢琴唱赞美诗，她悠扬的诗声至今仍萦回在我的心头。

这两位老妇人的鹤发童颜，在我心中留下不可磨灭的印象，每当我精神困顿，对生活感到厌倦时，我就极力想着她们，她们的音容笑貌使我振作，使我懂得人是应该快快乐乐地活下去，来迎接一个健康有意义的老年的。

来台湾将近二十年，二十年中，幼小的孩子们长大了，中年人老了，可是台湾的四季却依旧是那么少变化。一年中就只有春夏而无秋冬。有时，我想看秋风满天中枫林的红叶，这里却只见终年常绿的榕树扶桑。我想徘徊在积雪的板桥，这里却连清霜的影子也见不到。最使我怀念的是故乡傲岸于风雪中的寒梅，这儿却教我从何处寻访？于是我想：季节没有秋冬，岂不像人生没有中年老年，这不是太单调了吗？"不许人间见白头"又何尝是真正的美？反过来说，满山遍野白皑皑的雪景，正如老年人头上银丝般闪光的白发，岂不更可以增加一份庄严肃穆的美呢？

白居易的诗："镜中莫叹鬓毛斑，鬓到斑时也自难，多少风流年少客，被风吹上北邙山。"他劝人不要担心老，不要怕出现白发，能活到八十、九十，白发皤然才是人生最美丽的境界！

"春柳池塘明媚处，梅花霜雪更精神。"冬天比春天更美丽，老年比青春更可贵。

破浪乘风
——致儿书

楠儿：

今天收到你信，知道你已从巴拿马回航。我又在屈指计算你到家的日子，你也一定归心似箭了。

四个月的海上生活和机舱中的辛苦工作，给了你不少磨炼，从你的信中，看出你已有很多领会，也成熟得多了，这使我放心不少。

最近，又有一件事是特别值得告诉你的，那就是我参观了"海军"军舰。因为你也在海上，当我一跨上军舰时，立刻有一分感觉，我们同在一个海天之间，甚至好像你就在我身边，每一个浪潮，都好像从你那儿涌来，带给我无限亲切之感。

军舰驶出外海，船身有点摇摆，许多文友都感到头晕不适，我立刻跑到甲板上，望着海面，反倒舒服多了。因而想到你以前信中告诉我，开始也晕船，还得当班工作，感到很苦，逐渐也习惯了。这就是生活的磨炼，磨炼是从每件小小的事上做起，"军官"告诉我们说，当海军开始没有不吐的，可是吐了绝不能倒下，哪怕把苦胆水、胃血都吐出来，仍得撑着，撑着就挺直起来了。这是他们当军人自励的起点，也是孟子所说的"劳其筋骨，饿其体肤，空乏其身，曾益其所不能"的具体表现。我看他们一个个体魄强健，精神饱满，围绕着我们谈笑风生，而且说了许多海上有趣的故事，指点我们抵抗风浪的方法，内心不禁油然起敬。

平时常常说"乘长风破万里浪"，只不过是笔底文章，并没有真实的体验。那天站在军舰前端，眼看他们把稳了舵，真个是破浪前进，才领会到万事面临实践时并不像嘴说时那么轻松，而是需要一分定力和一分信心的。这分定力和信心，乃是全舰官兵密切合作而来的。他们彼此信赖，彼此配合。比如说前进的准确方向就由左右两位士兵的方位报告中，计算出来，军舰在进港时，舰长亲在指挥台上，发号施令，稳若泰山，舵手只要听命令把定方向盘，军舰就徐徐靠岸，毫厘不差。若自作主张，则差以毫厘，谬以千里。这就是舰长的那分定力、把舵者信心和服从的至高表现。

当我们进餐时，菜肴丰富，还有饺子、西点，全是他们自己做的。指挥官告诉我们说，全舰士兵，都各有工作岗位，平时也各有做菜、打扫等杂务，但一声备战令下，即刻各就各位，全体武装起来。他们随时在戒备中，也随时在轻松中。这正是平时如战时、战时如平时的训练。

那时将近农历新正，家家都在准备过春节，而最前哨的官兵却是加紧巡弋，使后方得以安心欢度新年。想到这一点，怎么不令人由衷感激他们的辛劳。指挥官与舰长说，他们没有年，没有节，没有一定假期可以回家探望。有任务出航，家中可能三五个月以至半年得不到音信，不知他们究竟身在何处？回到基地，才偶然与家人通个电话，就感喜出望外，这种精神，又焉得不令人肃然起敬呢？

我望着军舰前面，浪花汹涌，据说这是最最风平浪静的四级风，高到八级九级，那才是真正的壮观，而他们依旧气定神闲，破浪前进。因为他们已锻炼成钢铁般的意志，有着排山倒海的信心和定力。这使我想起在中学时代，一位老师鼓励我们的话。他说："在大海洋中遇到大风暴时，你的祷告不是说主啊，求你使风暴平息。而是说主啊，求你给我勇气，给我力量，给我信心，给我智慧，使我能克服风暴。"人生在世，就像船只航行在大海洋中，随时会遇到风暴。你必须以自己的力量克服风暴，而不是软弱地依赖上帝。因为上帝即使对你平息一次风暴，还会有第二次、第三次的风暴接踵而至。你必须以自己的勇气、信心、力量、智慧，去迎击每一次的风暴。

老师当年的箴言，我如今又有了新的体认。风雨飘摇中，心灵能保持宁静的人，必然是有勇气、有智慧、有信心、有力量能克服一切困难的。

楠儿，你现在正面对壮阔的大海，万顷波涛，日出日落，一定会给你很多启示，你是个重感情的人，你是不是觉得海有时像个多情的少女，有时又像一个狂暴的怒汉呢？

夜深搁笔，数你归期不远，心中至为安慰，祝你身心健康。

学英雄本色

——再致楠儿

楠儿：

自从你上船以后，我一天天在计算航程，今天你该到哪儿，明天又会到哪儿。我虽按照船期表写信寄到预定停泊之处，但总担心你是否收得到。因为从接你发自巴拿马的一封短简后，一直还没再收到你的信，今天，久盼中的信终于来了。你已到了纽约。在纽约，爸爸的老同事伯叔们一个个都对你非常款洽。张伯伯还招待你逛电影城、超级市场，投入这个闻名已久的花花世界，你感到目眩眼花，不知看什么好，买什么好。想尽量控制钱包，结果还是瞎买了一大堆东西，花了一笔惊人数字的钱。你幽默地写了"奈何，奈何"四个字。孩子，这也实在难怪你，妈妈也是个最爱逛超级市场、瞎买东西的人。美金两毛五、五毛、一块在心理上觉得很便宜，可是回家拿新台币一乘就是一大把钱，却又后悔莫及。第二天，经过另一个超级市场，又不禁被引诱进去。后来我改变办法，每看到一件想买的可爱小东西，先拿新台币的倍数跟它的标价乘一下，觉得所费不赀，就不舍得买了。你是初次见面，新奇之感，实在非你小小年龄所能抗拒，你只要在买的时候想到这样小玩意某阿姨一定喜欢，那样厨房用品妈妈一定大为赞赏，另一个小皮夹，某朋友一定说"我正需要"，那么你在买的过程中就是一分情谊上的享受，买回分赠亲友更是一分欢乐。你爸爸总说我太简省，我倒觉得自己在买小礼物上还是挺慷慨的呢。所以我劝你已经买了就别后悔心疼，带回家来，广结人缘，你还会嫌不够呢。

你说今年是第二次不能在家过春节，感到很遗憾。记得去年也在船上过的春节，来信说船上舞狮，有同乐晚会，船长还分压岁钱，同事们彼此送礼物，觉得好热闹开心。今年你的语气不同，心境不同了，你很想家，离开家更觉家的温暖。妈妈心里既高兴又惆怅。高兴的是你已长大，懂得别离滋味了，惆怅的是，为了使你能学习更多知识，让你小小年纪，几度远渡重洋，连应当全家团聚的农历新年，都不能在家吃年夜饭。但再想想，人生本来就应当接受多方面的锤炼，无论是心智上的，体力上的，且不必用"男儿志在四方"的大格言勉励你，在这五花八门的洪炉中，任何人都当有百炼钢的意志。短暂的别离，实在算不了什么，何况离家一段时期，你会更珍惜在家的日子，古人有诗云："近别不改容，远别常沾胸，人生无离别，谁知恩义重"。你是个非常重情谊的人，念小学时，一位老师的离去，你在日记上都写了又写，你浑厚多感的性情，于此可见。

你又说，在纽约接到妈妈的信却没有爸爸的，有点失望。你爸爸笑说："还不是那几句话，母亲写就够了嘛。"你总知道，天下的爸爸都是笔头最懒的，天下的妈妈是专为儿女写信的。

你在家时，嫌爸爸一开口就像念训词，妈妈又唠叨，一出门，你倒又想听训词和唠叨了。

在你离家这段时间，有两件事是特别值得告诉你的。其一是我参观了一次中坜第一士官学校，第二是爸爸和我去了一趟香港。

与士校同学们接触交谈，由他们强健的体魄，快乐的神情，活泼幽默的谈话中，使我对学校教学的方针与方式，倍增信心。有一位同学说，"当父母亲刚刚送我来时，怕我不习惯军校生活，甚至想带我回去，现在他们还要把弟弟也送来了。而我自己呢，周末回家时，已不习惯于家中比较散漫无秩序的生活，宁可快快回到学校。"他的话使我想起你在家时的那分懒散，晚睡晚起，因而也希望你及早去接受军事训练，那不仅是锻炼体魄，更是锻炼意志。你平时有点依赖性、怕难、偷懒，这只怪我们一直把你当小孩，照顾太多。所以你曾说："现在多疼我点没关系，等我当了兵自然就好了。"你也一直把对自己的改变寄望能当上兵，可见你并不是真正的怕难和偷懒。

使我深深感动的是他们仪队的操枪和鼓号乐队的精彩表演。这不是像看舞台上的技艺演出，仅让你赏心悦目，而是他们小小年纪，每一个步伐，每个举止，于整齐划一之中所透出的那份坚定力量。最难得的是鼓号乐队的小兄弟们，才训练两周就有如此成绩。我仔细想想，他们为什么会有如此整齐划一的动作，如此坚定的力的表现，乃是因为他们全体有一个共同的信心——天下没有学习不会的事。这个信心使他们师生之间，同学之间，如此的融融洽洽，欢欣无比。

归途中，我又回想起有一年参观"陆军"神龙小组的降落伞表演，他们在高空的强风和空气浮力中，仍能控制自如地降落在预定的地点，稳稳地站在地面，神色悠闲。这种定点降落，在我们看来如凌虚御风，在他们接受训练中得面临多少艰难的考验。我也想起一次参观"海军军舰"，当舰长全身披挂站在船头，指挥"兵舰"进港时那副凝重而镇定的神情，靠岸时一丝一毫都无差错的准确性，这一分支配全体人员的潜力，岂属等闲。记不记得你爸爸曾对你说有一位商船船长，当船进港时，他站在船头两脚发软，嘴唇颤抖，因此只得退下来坐办公室。可见有满腹专门学识还不够，必得有胆量，有气魄。你现在船上学习，只是名小小的实习生，从基层工作学起，对于机舱中种种，你得一样样仔细观察、学习。哪怕是一枚小小螺丝钉怎么上下，你都得学。因为任是多少吨位的船，能乘风破万里浪，一枚小小螺丝钉也发挥了它的功能。你莫看船长威风八面，没有全体工作人员的配合，又何能完成使命。哪一位船长，不是一步步奋斗出来的？我很高兴你说已习惯水上生活，也愈感到各种知识技能的重要性，等你满二十岁服兵役时，两种经验互相配合，得益将更多。你爷爷与外公都是军人，你是道道地地的"将门之后"，希望你以此为荣。

你出生长大于台湾，不知贫穷饥饿为何物。但我特别要提醒你，正因为生活在幸福中，你格外应当顾念到不幸的人，你要有解衣推食的慷慨同情之心。

只要你时时存一分关怀之心就好。我现在提供你一个简单的方法，当你领到一分薪水时，马上抽出十分之一单独存起来，当你为自己花一笔钱像买东西或看电影时，也另外提出十分之一的钱来。两种放在一起，一个月、一年，就有可观的一笔数目，我称前者为所得税，后者为消费税。

这笔钱，专留作助人之用，在你个人经费上毫不受影响，而对需要的人，不无稍补。这是当年老师告诉我日行一善的方法之一。老师说"但觉此心春长满，须知世上苦人多"。孩子，你本来就有一颗善良的心，希望你能够多加培养，发挥更广大的爱。一个人能多想到别人的困难时，自己的困难就会减轻，我常常以此自勉，现在也以此勉励你。

夜已深，我实在应当搁笔了。我在写此长函时，你爸爸几次问："还没写完呀？长话短说吧，太晚了。"过了一下，他却又说："替我告诉他，下回来信写长一点，不要这样打电报似的，一路上总当有点感想可写嘛。"你看他尽管自己懒动笔，照样盼望看你的长信，就此点可知道爸爸更想你。一位名散文家的文章中说："儿子到了二十岁，真不像儿子，却像个朋友。过了四十岁的男子，就有一分萧瑟之感，有时喜欢和大一些的儿子谈谈心。"这话细细体味起来，有点凄怆。我们都早已年逾半百，又只你一个儿子，你也正满二十岁，应当可做我们的朋友了。我永远记得你小学时日记上写的"我和爸爸手牵手，脚并脚散步，父子二人手足情深"。儿子长大以后，父子之情可不就如同手足吗？这种心境，你慢慢就体会到了。

现在真的要暂时停笔了，祝福你旅途愉快！

母亲的信

楠儿:

你第一次回航上岸时,看到你体魄强壮、心神愉快的样子,知道你能适应海上生活,学习兴趣至高,我总算放心不少。你赶回高雄上船时,告诉我大约儿童节左右可以回来。可是我一直盼到过了儿童节,四月五日的夜晚九时,你从高雄来长途电话,说因六日一早就要起航,不及回家看我们了。在电话中,你连声地喊着"妈、妈,"好像你就在我身边,好像你还是个念幼稚园的孩子。那时,我真恨不得一脚跨到高雄,也恨不得你一下飞回家中。我还来不及说什么,你爸爸马上抢去话筒,免不了又是一番训诫,百般嘱咐。因为时间有限,挂上话筒以后,我和你爸彼此相望,都若有所失。我埋怨他不该那样快把话筒挂上,他说"够了够了,说来说去,还不是那几句"。可是停了一晌,他又说:"你如还有什么话想说,你就再拨过去吧。"于是我再拨到你的旅馆里,你好像很意外,又是连声地喊着妈、妈。我只是"语无伦次"地反复叮咛,你一定有点烦了,你说"知道了"就是在家时那种声调。你爸爸忍不住又把话筒抢过去,他说话总是那么慢条斯理的,哪怕是同样的几句话,都说得比我生动，你一定听进去了，回答得一定很有礼貌，因为我从他的神色，由严肃转为满脸笑容看得出来。第二次挂上电话以后，我们再彼此相望，才感到踌躇满志。他一丝安慰的笑容，久久留在嘴角。"从声音听起来，这孩子好像真的长大了。"他像在自言自语。"我听起来还是跟从前一样，傻里傻气的。"我不同意你爸的感觉，他却责怪起我来了："你总是这样婆婆妈妈的，在电话里应当简单扼要一点嘛。"我一时哑口无言，只觉得即使啰里啰唆了那么一大堆，还是没有把最最要紧的一句说出来，那是一句什么话，连我自己也不知道，心里又不由得空空洞洞起来。正在此时，电话铃又响了，我想难道你又打过来了，拿起话筒，你爸爸却一把抢过去，"我来接。"他说电话不是你的，却是你的一个最最莫逆的朋友打来的。他告诉我们，他已受训完毕，即将奉调到某地，问你何时回航，真想见你一面。因为此刻不知何时能再相见，你爸爸立刻把你高雄旅馆名字告诉他。并慰勉了他一番，挂上电话以后，你爸爸脸色凝重，半晌都不说一句话，我问他究竟是怎么回事，他低沉地说："这孩子最后那句话说得叫人心里好难过。"我问他究竟要调到那里呢？他摇摇头幽幽地说："孩子们都长大了，他们都懂得珍惜友情，都感到分离的黯然。"由他这句话，使我想起你第一次远行前，连我特地为你做的一顿丰盛晚餐都不愿在家吃，宁愿与朋友聚谈到深夜才回家。你说"朋友可能霎时间各奔东西，以后见面不易，与父母相依是永久的。"我现在只好接受你这句话。孩子，我真但愿我们的相依是永久的。

你来信曾说可能母亲节会回来，母亲节应当是做母亲的节日，但我相信所有的母亲，都是把属于自己的节日给了孩子，万事都想到孩子，所以母亲节也成了孩子的节日了。你如能在那天回来该多好。我并不盼你对我作什么报答，我们只期望你做个尽职的公民，我们也将对得起生我们的父母了。父母之恩，昊天罔极，你爸爸和我都未能对父母尽到一点孝思，中夜自思，真不知涕泪何从，所以每到母亲节，我心中也格外感伤。

夜已深，我唠唠叨叨写了这么多，却写不出内心的激动与对你的挂念，希望你这次回来能有较长时间停留。你爸爸正不知有多少话要嘱咐你呢！

代　沟

　　我常常觉得：今天甚为严重的青少年问题，一半是由于多元化社会形态的引诱力过强；一半是由于许多忙碌的父母，对子女只供应了生活所需，而忽略了精神上的关注与指引。因此形成了父母子女之间的代沟。

　　以前曾有所谓的钥匙儿童，孩子们放学回家，自己开门进入冷清清的屋子，父母不在家，怎叫他们能有安全感，这样的孩子长大以后，怎令他们对父母在感情上能密切沟通？

　　想起十年前我第一次旅居美国时，赁屋而居，房东太太是护士，为了多挣钱，一直在医院做大夜班，每天深更半夜回家。丈夫性情怪僻，唯一的儿子才八岁，下午三时放学回家，总是孤零零在马路上游荡。我看了不忍，偶然招呼他进屋喝杯果汁，和他谈天说故事，他一脸寂寞的笑容留给我很深刻印象，十年后的今天，这孩子已成了问题少年，他父母亲当年铸成的大错，是终生无法弥补的。我在想这个孩子如果有一位祖父或祖母，给他充分的爱抚时，他决不至于对家庭有疏离之感而走上歧途的。

　　回想自己幼年时，畏父亲如老虎，母亲虽慈爱，而管教极严。

她说:"我只有一个女儿,若是惯坏就没指望了。"我犯了错,怕母亲责骂,就躲到外公怀里,他老人家总有办法说得母亲怒气全消,笑逐颜开。

外公是一个有新头脑的人,他曾说过这样的话:"俗语说,一代归一代,茄子拔掉种芥菜,并不是说上一代不管下一代的事,是说上一代有上一代的想法,下一代有下一代的做法。要彼此看得惯,不去多干涉,都好好劝说就好。"

他又说:"其实呢,茄子拔了,丰富的营养留给芥菜;芥菜拔了,剩下的营养留给茄子。人也就是这样,一代一代地传下去。"外公所说的"一代归一代",不就是现在所谓的"代沟"吗?他所说的"营养",不就是西方人所谓的LTC(Love Tender Care)吗?

十多年前,我初次应邀访美,我要求接待中心带我访问他们的少年观护所。所长是一位名叫Joe的黑人歌手,他与几位志同道合的好友,用在街头演唱所得的有限金钱,合力办了这个观护所,名称为Half Way Home。那仅仅是一间破烂的屋子,旧家具旧钢琴,带领逃家迷失的孩子唱歌、讲故事,给予他们温暖关怀,劝他们渐渐醒悟,使他们明白,走遍天涯,只有家最温暖,使他们一个个自动回家。我听了他们所说一则则故事,内心万分感动。他们敬爱他们的大哥Joe是"小小的人物,有一颗大大的心"(Tiny Joe with a big heart)。

我问Joe关于"代沟"问题的看法,他笑笑说:"人与人之间的性情、兴趣、思想,总有差异的,父子夫妻朋友之间都有沟,但要用爱与宽容谅解来弥补,而不是强调那个沟,爱就像一张梯子，彼此都向当中走去，不就可以拉手了吗？

　　他真是位了不起的导师。他说自己犯过罪，坐过监牢，却也因此教育了自己，深深领悟，只有全心关怀别人，爱别人，才能使自己快乐。"

　　我问他信奉什么宗教，他回答："我没有宗教，我的信仰就是一个爱字。"我永远不能忘记 Joe，回国后曾与他通过一两次信，但不知世风日下的今日，美国还有这样充满爱心的"小人物"吗？

　　Joe 与他几位好友的努力，是否能挽救现代迷失的青少年于万一呢？希望所谓的代沟，真能如 Joe 说的，以双方相互的爱来填补。

妈妈离家时

昨晚，我又忙到快十二点才休息，靠在枕头上，好久好久都睡不着。睡不着好难受，我又不敢开灯，怕吵醒小妹，只睁着眼睛望着灰蒙蒙的窗外。雨又淅淅沥沥地下起来了，我忽然想起阿珠下午洗的衣服都晾在晒台外面，不知她收进没有。阿珠一点都不听我的话，叫她等明天洗她偏洗了。还噘起嘴说："你不懂，别管我。"她就欺侮我不会家务。妈妈出门了，她就封起王来。她炒菜不是太咸就是太淡，吃惯了妈妈亲手做的菜，吃她做的真差劲。爸爸好几次大声地说："阿珠，你怎么搞的，自己也不尝尝。"她嘴噘得更高了，说："用不着发那么大脾气，我不做好了。"一听说她要走，全家都忍气吞声了，连小妹都把小舌头一伸，对我做做鬼脸。我就奇怪，妈妈在家的时候，从不粗声大气跟阿珠说话，阿珠也跟她有说有笑的，不像现在这样拉长了脸。妈妈真有一手。妈妈说去南部看外婆顶多半个月，现在已经快一个月了，还不回来。再不回来我就要开学了，每天的便当没有妈妈做，我简直就没辙了。妈妈给我做的便当真是精彩，每天换花样。炒面、饺子、烩饭、包子，每顿打开盒子，都给我一个意外的惊喜，吃的总像不够的样子，从来吃不厌。便当盒子带回来，妈妈拿起来一摇是空的，她就笑。妈妈的笑容像一朵花。我每夜把妈妈的笑容带到梦里去。

可是这几晚，我等待妈妈的心情太焦急，妈的笑容在我梦中消失了，浮在我心里的却是妈皱着眉的愁容。妈是时常发愁的，愁爸爸工作太辛苦，吃不好，休息不够；愁我功课太重，愁小妹生病，跌跤。现在更愁外婆的病不会好。啊，我恨不得赶到台南去看妈妈和外婆，可是怎么行呢？妈不在，我得负起管理家务和看管小妹的责任，怎么可以走呢？爸爸一回家就得吃饭，五岁的小妹被爸爸宠得像个女皇，妈不在家，她就天天制造纠纷，动不动就乱叫乱跳，我连碰都碰她不得。爸爸呢，衔着烟斗，坐在一边只是咧着嘴笑。倒是阿珠还制服得了她，真把我气昏了。阿珠那副不苟言笑、神圣不可侵犯的样子，我真看不来。可是妈妈总是说："阿珠做事有条有理，又爱干净，又负责，脾气大点就依着她点儿。"妈妈这种好脾气人哪儿有呢。

翻来覆去的睡不着，眼睛都闭酸了，常听妈妈说失眠，我现在也懂得失眠是怎么一种滋味了。想起平时躺在妈妈身边，母女俩有说不完的话，学校里有什么有趣的或是怄气的事，我都一五一十说给妈妈听。有时我把老师或同学形容得活灵活现，她就笑着说："小玫，女孩子的嘴不要学得这样刻薄。对人不但要用友爱的态度，更要有友爱的心。"遇到功课上受到打击，使我心灰意懒时，妈妈就轻松地说："不要紧，下次再来过。"啊，依靠着妈妈，真叫人心里感到平安幸福。可是我总觉得妈妈太忙，跟我谈话的时间还不够多。现在妈妈出门了，我才管了几天家，就知道家务事原来是忙不完的。半个多月来，我好像已经长大好多好多了。

我给妈妈写信，告诉她我多么盼望她快点回来，小妹又是怎样的不听话，可是想了想还是撕了。我不能使妈心挂两头，只得写道："妈，我们都很好，爸爸吃饭胃口很开，睡觉鼾声如雷，小妹乖得跟公主一样，阿珠也没和我怄气。"我这不是在骗妈妈吗？为了使妈妈好安心多陪几天外婆，我只好这么写了。可是最后我还是忍不住写道："如果外婆病好了，您还是早点回来，因为我有一件心事要跟您说呢。"

心事，是的，我是有一件心事，那是无法向爸爸说的。爸爸永远说我还小、还小，小得连爱情电影都不许我看。他哪儿想得到，我已经长大，已经有心事了呢。那个男孩子又给我来信了，他的第一封信，我给妈妈看过，妈妈一声不响，一双眼睛深深地望得我，半晌才说："小玫，你已渐渐长大了，长大后有长大后的朋友。男孩子对你表示好感你千万不要惊慌，不要不理他，也不要写热情的信给他，使友谊在冷静中培养起来，有什么犹疑不决的尽管跟妈商量，千万不要放在心里不说。"

我现在就正在犹疑不决中，我已经收到他第三封信了，要不要回他呢？我们是在礼拜堂里认识的，他非常的彬彬有礼，长得又讨人喜欢，相信他一定是个有教养的好男孩子，我是不是可以跟他做朋友呢。奇怪，这几天除了想妈妈，就不由得也会想起他来。想起他时，就有点心神不定的样子，如果妈妈在，我伏在她怀中，跟她一说，就不会这般烦恼了。我现在只好把话写在日记里。今晚我在写日记，爸爸进来看，我就连忙把日记本关上了。爸好像有点不高兴的样子，问我说："小玫，你在写什么？"我只好老实告诉他是写日记，爸坐下来，慢条斯理地喷着烟，半晌又问我："都写些什么内容呢？"这叫我怎么说呢？我期期艾艾地回答："心里想什么就写什么。"爸说："日记是练习写文章，每一段应当有个主题，比如阅读感想啦，时事批判啦，生活检讨啦等等，不要尽是写些空话。"什么是"空话"呢，我在课堂上写的作文才是空话连篇，日记却句句都是内心的真话。可是这些真话，爸看了一定不顺眼，爸是个非常严肃的人，只有对小妹，就露出满脸的笑容。对我总是用教训的口吻，比如说我每星期去教堂，他就说："小孩子做什么礼拜，有这时间应当多念点书。"我说："妈说宗教是心灵上的寄托。"他说："何必向外面找寄托，佛家说我心即佛。我就只相信自己。"我忍不住反驳："佛不也是宗教吗？"爸瞪了我一眼，却并没有责备我，就沉着脸走开了。我望着爸宽阔的背影，只觉得和爸之间距离是非常的远。妈时常以温柔的声调对我说："你只要看你爸壮健的身躯，宽阔的肩膀与胸膛，你就有一份安全感，你爸是位了不起的男子汉。"妈边说边以深情款款的眼神注视着爸，她对爸的信赖与感受也感染了我。我但愿能多了解爸一点，也但愿爸对我能有妈一半那么温和的态度我就很快乐了。

夜已很深，真有想不完的心事，也有要跟妈说不完的话，但我都没有写在信中，仍是简简单单那几句话。封了信，贴好邮票，我又忍不住在信封上加了两句："妈，早点回来，我好想您啊。"

灯 下

"小美呀！要把地板抹得跟镜子那么亮。"

每天晚饭以后，帮着母亲洗好碗碟，母亲总要和我这样说一遍。我呢，真也把地板抹得跟镜子那么亮。和母亲一样，我是极爱整齐清洁的。盘腿坐在光滑的地板上，伏在矮桌前，就着灯光做功课，是一件极快乐有趣的事。母亲总是戴起老花眼镜，坐在我对面缝缀衣服或其他东西。今晚她缝的是一只溜了丝的尼龙短袜，颜色很漂亮，深绿底子夹着金黄细条，那一定又是哥哥穿下来不要了的，母亲把它缝了给父亲穿。可是前儿我曾听父亲说："那样花的袜子我不要穿，给小美穿吧！"其实，我倒也不要穿什么尼龙袜子。做学生，上学穿白短袜，回家来光脚一双木拖板不是挺舒服的。然而母亲从来不肯丢弃一丁点东西。她好几次对我说："小美，要学得节省啊！年纪轻的人，更应该爱惜东西。你爸爸早年上学堂的时候，脚上穿着草鞋，把布鞋夹在手膀下，到学堂门口，才把草鞋脱下放在门背后，换上布鞋进课堂。"母亲讲这些话的时候，脸上散布着柔和欣慰的光辉，看出她对父亲的敬爱是多么的深，而父亲这种刻苦精神也着实是令人钦佩的。我这样想着，眼睛望着母亲手里的针，亮闪闪的针在母亲手指缝里跳跃着，丝线细长而柔软。我忽然发现母亲的手指粗糙了，骨节有点肥大，手背隆起树丫杈似的青筋，皮肤里隐约显现出柳叶似的纹路。这，哪像是母亲的手呢！母亲的手原是又细又白又丰满的。记得父亲曾用食指尖轻轻点着母亲手背的一个个小窝，又把它举起来对着窗子照照，赞美地说："你这双肉团团的手呀！一点不露缝，有财气，晚年来还会享点儿女福呢！""享儿女福我倒不想，只要他们能自己成家立业我就放心了！"是母亲微微叹息的回答。这话一直响在我耳边，一晃眼竟是好几年过去了，不知道怎的，我的眼睛有点润湿。低下头，把铅笔放在练习簿上，代数题一道还没有做完，已经错了好几次。我拿橡皮使劲地擦着，把纸都擦毛了，我尖起嘴呼地一吹，橡皮粉末吹了满桌子。

"别弄脏了地，我还要给你哥哥钉被子呢。"母亲说。

为了钉被子，我还得赶紧把功课做完了，好帮着母亲拉被子。于是我拿起笔很快地写，做完了数学习题，又把英文生字查好，历史笔记做完。今晚我好像机器人似的，一个多钟头，把所有的功课都做完了，脑子里却没有进去什么印象，躺在书包旁边的《莫泊桑短篇小说集》也不像平日那样引诱我的视线，却不时偷眼看母亲。是什么缘故，母亲今晚显得特别苍老？在灯光下，母亲额上的皱纹与眼角的鱼尾纹显得格外明晰，老花眼镜脚松松地架在两耳上，鬓发飘下几根，其中有的已从灰黄转为银白色。母亲不时用粗糙的手掌去掠它们几下。变了颜色的头发，对于母亲似乎没有什么特殊的感觉！可是却引起我幼年时清晰的记忆。夏天，我和哥哥搬了小竹椅坐在母亲身边，母亲刚洗了头，乌黑的头发，长长地披在肩后。她用扇子扇着，长发一丝丝飘开来，像风中的细柳。哥哥偷偷地拉住一根，缠在我的大拇指上，抽得非常痛。我使劲想脱出来，却越拉越紧，竟至嵌进肉里去了。我大哭起来，哥哥吓跑了，父亲和母亲费了很多的时间，才把头发解开，用纱布把我受伤的手指包起来。之后好几天我没有理哥哥，哥哥用手划着脸羞我"哭泣猫"。哥哥的恶作剧和喜欢捉弄我，到现在还使我生气。我伸出大拇指看看，那上面还隐隐有一圈疤痕，这疤痕是母亲乌黑柔软的头发给刻下的，我忽然不恨哥哥，反而感谢他给我与母亲之间留下这么一个亲切的纪念了。我抚摸着疤痕，不禁抬眼看母亲褪了色的两鬓，我的眼里又充满盈盈的泪水了。

拉被子的时候，母亲把被面打开来，水绿的绸子，泛起海浪似的波纹。这被面原很美，可惜有点旧了，柔和的灯光也添加不了它的鲜艳。可是这还是我们家最好的一条，母亲特别留给哥哥的。我心里知道哥哥并不喜欢它，哥哥有一次从台北回来，在小提箱里藏着一条白缎绣青菜小白兔的被面，说是他同学暑假从香港带来送他的，他还叫我别让母亲知道，免得她说太奢侈。他还有许多奇装异服，尼龙汗衫、五彩洋毛衣、香港衫、修胡刀、梳子、毛巾、牙膏、衣架，样样是美国货。我不知道母亲看见那条绣花被面会怎么说，可是母亲拿起那些梳洗用具来时，曾经规劝他说："阿文，你用东西太讲究了，样样都是洋货，国货不是很好吗！做学生尤其应当提倡国货啊！""国货有的还没有洋货便宜，又不经用，妈，你何必管这些小事呢！"哥哥的口气是不耐烦的，母亲就不再说什么了。

母亲是那么慈爱而细心，而哥哥每次匆匆来，匆匆去，都没有心情领受母亲的爱。我心里暗暗替母亲难过，也为哥哥难过。年轻男孩子总比较粗心大意，可是像哥哥那样对家庭满不在乎的倒也少见，他将来成了家，知道生活不容易，想起母亲的话，许会后悔的。可是目前真是给父母亲增添不少负担啊！前天哥哥回来，父亲摆起严肃的脸容训斥他一番，过后却又把一沓钞票放在他面前。我知道那是他刚刚领回的薪水，抽下了家用，就全部给他了，母亲呢！父亲说话时就低着头织毛衣，生恐眼睛碰到了哥哥的视线，会使他更不好意思。父亲去上班以后，哥哥就点起一根香烟来，慢吞吞地吐着烟圈，对父亲的话好像并没有什么反应。屋子里显得很沉闷，我只忙着帮母亲炸面拖虾，那是哥哥最喜欢吃的，除了他回来，母亲平时是从不买的，可是哥哥吃起来并不怎样感兴趣，心不在焉地吃着饭。母亲问他什么，他都是没精打采地懒得回答。我真气闷极了，忍不住问他："哥哥，你有什么心事吗？""小孩子别多管闲事！"他说我是小孩子，我就立刻闭上了嘴，看看母亲的脸，母亲的脸笼罩着一层阴云，始终没有说一句话，我知道母亲心里想得很多。

今夜母亲又以迟疑的眼神望着我，手里绽着被子，半晌才说："小美，给你哥哥写封信吧！他春假没有回来，问他是什么原因，身体不好还是去旁的地方旅行了。"我拿起笔，在信纸上写了"亲爱的哥哥"几个字，笔停在纸上，不知道怎么说好，因为哥哥春假里是回来过的，与朋友游碧潭、乌来，只是不曾回家看看老人家。我代哥哥藏着秘密，帮他欺骗父母亲，我的心好酸楚。"亲爱的哥哥"五个大字带着讥讽的神情瞪着我，我用练习簿把它遮上了。哥哥那一副神态，又在我脑中出现了，穿着横格子羊毛衫，手里捧一叠洋装书，与女明星合摄照片，是他充当临时演员的得意镜头。那照片是他偷偷向我炫耀过的。我把信纸撕去了，又换了一张纸，只写上"哥哥"二字。

"小美，你又糟蹋纸了，写家信随便写，不要尽撕纸。"母亲向来爱管最细小的事。

"妈，你自己写吧！哥哥不会回我信的！"我快快地说。

母亲微微叹了口气，把绽好的被子叠起来，放在床上摘下了眼镜，走到矮桌前，坐下来，我的眼睛一直没有离开母亲的脸。现在她脸上的皱纹被灯光照得越加显明了。那皱纹里隐藏着她多年的辛苦、忧愁与对孩子们热切的期望。我又是一阵心酸，拿起笔来很快地写满了一张纸。我告诉哥哥父母亲的惦念与辛苦，劝他用功读书，节省用钱。明知这些话在他眼里显得多没有意义，可是我还能说什么呢？我不能在信里具体地责怪他拿了母亲为人织毛衣赚下来的钱去请女朋友，作为一顿酒菜的挥霍。因为母亲原不知道这回事，我不忍提起，免得她伤心。

我把信递给母亲，母亲慢慢儿看完一遍，用浆糊把它封了。我心里想哭，喉头哽咽着，推说疲倦想先睡了。母亲赶紧为我把帐子放下来，我倒在枕头上，泪珠就止不住滚下来。隔着帐纱望母亲，她也正在用手抹去眼角的泪水呢。

灯在什么时候关熄，我不知道，母亲大概又工作到深夜才睡吧！

第三辑

思念家乡

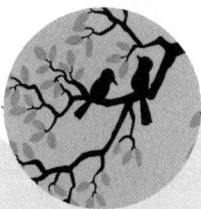

尝 新

尝新，一看字眼就知道是尝尝新鲜东西是什么味道的意思。想想这是多么快乐的事儿呀！而尝新正是我故乡农村社会的可爱习俗。故乡的谷子收割分两季，六月的早谷和九月的晚谷。早谷中有一种是红米谷，少而名贵，在早谷收成以后，要拿这种红米谷煮出饭来，先供神佛和祖先，感谢他们在天上对我们的祝福，然后请左邻右舍来一同庆祝丰收，尝尝新鲜的红米饭。每年一到尝新时节，家家户户，就像办喜事似的，老早就相互邀约起来："胡公公，明天是好日子，请到我家来尝新啊。""李大妈，大后天也是好日子，可得轮到我家啰！"无论贫家富户，尝新酒是一定要请的，这表示你一年里勤勤恳恳的成果。无论哪一家请，都少不了有我，因为我是被全村庄宠坏了的"小不点"。

每年只要看长工们开始忙割稻，我就仰起脖子问："阿荣伯伯，我们哪一天尝新呀？"阿荣伯伯咧着嘴，露着两个黄黄的大门牙说："稻子都还在田里，早得很哩。你得先帮我们去拾穗子，帮我们摊晒谷簟。阵雨来时，得帮我们抢拨谷子，小孩子要跟大人一样的做事，哪有坐在矮板凳上等吃现成的？"

我拍着双手说："我知道，我知道，我真高兴，我快乐得都要爆裂开来了。"我最最喜欢说自己快乐得爆裂开来。这是妈妈常常说的话。她说树上的果子爆裂开来，玉米在锅里爆成一朵花，芝麻球在油锅里咧开嘴笑，都表示它们好开心，快乐得爆裂开来了。阿荣伯在土里捡起一串穗子给我说："你看谷子也快乐得爆裂开来了。"

到田里拾穗子是我最喜欢做的事，一个大竹篓绑在腰上，从泥土里捡起一串串饱满的穗子往里丢，装满一篓再一篓，捧给长工叔叔，他们总要夸我一声"拾得真多，妈妈一定给你多吃块灰汤糯"。

啊呀，想起灰汤糯，我的口水都要掉下来了。什么叫灰汤糯呢？原来那是我家乡一种特别的米糕，是妈妈的拿手点心。

灰汤糯是用早谷的红米粉做的。其实红米是硬米（就等于台湾的在来米），只是因为加了一点碱，吃起来香香软软的像糯米。碱并不是现在菜场的方块碱，而是把早稻秆烧成灰，拿开水一泡，淋下来的热汤中就含有碱质，而且带有稻子香。只要和半碗在红米粉里就够了。所以叫作"灰汤糯"，一见灰汤就变糯的意思。灰汤糯的颜色就像巧克力糖，吃他几十个也不会撑肚子，好好吃啊。早稻灰泡出来的碱水汤，也可以做碱水粽子，又可以洗厨房的油腻，去污力比今天什么牌子的清洁剂都强十百倍呢。旧日农村，就是这般俭省，没有一样东西不是好好利用的。

早谷收成，红米椿出来，灰汤糯也蒸了，母亲就要眯起近视眼翻皇历拣个大吉大利的日子祭祖，请邻居亲友来尝新。我们家的尝新酒总是最晚的，因为母亲喜欢客人来得多，客人来得越多，吃得才越热闹。所以要尽力避开和别家冲突的日子，母亲总是说："可别重忙啊！""重忙"就是和人家的节目排在一天的意思。如今是工业社会，大家都忙得团团转，有人一个晚上应酬赶三场，要想不重忙还真不容易呢。

尝新酒席上，除了红米饭、灰汤糯，还有茄松，也是母亲的拿手，我最贪吃的点心。那就是把茄子切成丝，和了鸡蛋面粉与糖，在油锅里一炸，松松软软，也是好好吃哩。

今天我固然可以依照母亲的食谱炸茄松，但哪有香喷喷的红米粉和新割的早稻秆做"灰汤糯"呢？

我好想念小时候那段快乐得爆裂开来的好日子啊！

故乡的江心寺

我的故乡永嘉有不少名胜古迹，而以城郊江心寺最引我的思乡之情。

江心寺是一座古刹，在城北瓯江中的孤屿山上，是唐懿宗咸通年间所建。它虽是一处具有千余年历史的古迹，但因地处江心，江流较急，且当时没有观光事业这回事，岸边没有装点得雅致舒适的轻快小汽船招徕游客，摆渡全靠缓慢的小舢板，所以去江心寺游览的人并不太多。

我因多年作客在外，每次回乡都只匆匆小住。满以为自己的故乡，游山玩水，正是来日方长，连闻名天下的雁荡名山，都无缘一游。与同乡们叹息"不游雁荡是虚生"，而像这样虚生的竟不止我一人。

我游江心寺也只有一次，那是在抗战刚胜利的第二个月，赶赴杭州前，经过县城，急匆匆去兜了个圈儿。我们搭舢板沿江岸的上游斜着划进，约四十分钟，配合水流向下的速度，正好可漂到岛屿的埠头。一上岸便见繁花杂树，别有天地。

抗战期间，永嘉城曾先后被日军占领两次，在国军守卫之下，也时遭日机空袭轰炸，这孤零零的江心寺竟能留一片清净地，未被摧毁，也可说佛法无边。寺院中僧侣只有十几位，自方丈以下，都是慈眉善目，和蔼可亲。看他们芒鞋短褐，过的是极清苦的生活。建筑也没有像佛教圣地的大寺庙那么殿宇轩昂，金碧辉煌。但各处都显得非常整洁幽静，大殿庄严肃穆。最难得的是僧人们那一份脱俗的神情。于炉烟缭绕的钟磬声中，予人以世外桃源之感。

据史载，南宋高宗为避金兵追击，从宁波取道海路至温州，在江心寺驻跸。没想到小小的寺院，曾印有帝王兴衰的遗迹，这是知客僧津津乐道的掌故。寺中有一副即景的对联，是南宋永嘉状元王十朋的手笔。凡游过此处者都能记忆。这副巧对是："云朝朝，朝朝朝，朝朝，朝散。潮长长，长长长，长长，长消。"上联第一三四六八之朝字为朝夕之朝，第二五七之朝字为朝见之朝。下联第一三四六八之长字为长久之长，第二五七之长字为生长之长。中国文字的游戏，可谓极尽巧思。如以今日的观光导游，解说给外国人听还着实不容易呢。

寺的右边是文信国公祠堂。南宋末年，丞相文天祥于国运垂危之际，与陆秀夫、张世杰等在此倡议勤王，不幸兵败，为金兵所执而殉国。我乡人为纪念一代忠臣，乃在此建立祠堂供后人瞻仰。我俯仰其间，又望着祠堂前碧蓝的悠悠江水。想起抗战期间有多少烈士殉国，终于争取到最后胜利。对于大义凛然的英雄，越发肃然起敬。

寺僧特为汲取井中清泉，沏一壶香茗敬客。他告诉我们井底的泉水是回旋的，故称"回头水"，饮了此水，不但本乡人出外不忘故土，就是异乡游客来此，饮了这一盏清茗，也会生无限留恋之情。

这话一晃眼已将近二十年，二十年中，我无时不望再饮江心寺的回头水，更愿此身能幻化为井底清泉，回旋地流回故乡。

忆 姑 苏

　　如果把杭州比作明眸皓齿的十六七佳丽，那么古色古香的姑苏就是慵懒的徐娘。她铅华不施，却风韵自存。她名胜古迹虽也不少，却不像杭州的那般吸引人。你如一次再次地去，俯仰其间，也会产生一份知己之感。杭州人说"玩在杭州，住在苏州"，也是一句实在的话。

　　我在苏州一年，住在中学同学卢君家中。他的房子大而旧，经年不加修葺，矮矮的藏在深巷之中。围墙高，大门低，过大门二门以后，方见回廊曲槛，院落深深，池塘假山，都已年久失修。遇到阴雨天，便给人一种苍凉之感。那幢房子占地数百坪，却只稀稀落落地住着两家十余口，过着与世无争的生活。比起今日的台北寸土寸金，公寓洋楼把人夹在当中，显得局促而渺小。因此也格外怀念那一段懒懒散散的岁月。

　　苏州的特色是没有汽车，只有铃声叮叮、蹄声得得的马车。全城也没有一条柏油马路。市中心一条最热闹的观前街是用整齐的长方小石块砌成的，平坦光滑。在路边慢慢散着步，绝不用担心超音速的五十西西机车或计程车会撕去你一片耳朵或带走你一条腿。观前大街因一座冷清清的玄妙观而得名。观里摆着的几处小摊，灰扑扑的无人过问。比起上海南京路上的红庙，差得太远。倒是观前街的糖果店和小吃馆子很发达，点心如小笼包、馄饨还不及杭州知味观的可口。只有软软的松子糖和玫瑰瓜子，人人都爱。苏州人最懂得消闲，坐茶馆、进澡堂、吃小吃、嗑瓜子，便悠闲地送走一天。所谓早上皮包水（喝茶），晚上水包皮（泡澡），此外就是打麻将。那种日子，离我们已太远太远，工业社会中的现代人，做梦也别想了。

虎丘是苏州郊区最著名的古迹，山门前有一长方形的池，池边一排两口井，据说这池是老虎的口，井是老虎眼睛。进山门一条笔直的石子路是虎脊，寺后一座塔是虎尾，整个虎丘山即是一只匍匐的虎。剑池是虎丘胜迹，池旁石壁，宋明雕刻甚多。"虎丘剑池"四字相传原为唐颜真卿手笔。可惜"虎丘"二字年久剥蚀，明朝名雕刻家章仲玉重新勾摹此二字置于"剑池"之旁。苏州人所谓"真剑池假虎丘"即指此处而言。池上有石桥名双吊桥，桥正中有两口井，名为七上八下的双吊桶。据说是西施梳妆时的镜子。游人竞向井口顾盼，可是池里没有水，只有荒烟蔓草，供人凭吊。与剑池相对的是一片平坦的石台，相传吴王夫差葬女，活埋了一千名宫女在此石下，故名千人石。千人石即生公说法的台，点头的顽石就兀立在台的对面。

上石阶右转是孝女珍娘墓，再向前是西子浣纱之处。那儿地势颇高，又无溪流痕迹，真不知当年西子是怎样浣纱的。向左转有几块大石，是西子的梳妆台，登石阶最高处是冷香阁，清末南社诗人柳亚子等即于此处结社。早春时节，梅花盛放，冷香入室，登楼品茗，凭栏远眺，整个姑苏城懒洋洋地躺在春阳里。那情景与在杭州城隍山上，望平波似镜的西湖，依稀相似。

城里的名胜是狮子林，假山石堆砌，连绵百余个，进去如入迷宫。台湾的公园还没有这么精巧的建筑。池旁有一条石船，船中舱位布置雅洁，宛如西湖画舫，外形却像北平颐和园的石船。正中一座大茶厅，游人拥挤，座无虚席。可是比起杭州的平湖秋月，就没那么辽阔的视野了。

我最欢喜的倒是冷落的沧浪亭。此亭是宋代与欧阳修同时的文学家苏子美贬居苏州时，所建的读书游乐之处。因千余年失修，亭池花圃已是一片荒凉。这儿很少游人驻足，与狮子林相比，自有"天寒翠袖薄，日暮倚修竹"的遗世独立的风格。我时常和同学卢君带一包瓜子到这儿来，一坐便是大半天，彼此不说话，默默地领会静中之趣。尤其是微雨天，山石上碧绿的青苔，浸润得你的心更静。

比沧浪亭更为荒凉寂寞的是城外的寒山寺。它也因千余年的失修，已没有巍峨的殿宇，只刊着唐人张继"姑苏城外寒山寺，夜半钟声到客船"诗句的石碑伴随着芳草斜阳。最可惜的是唯一值得纪念的古钟已被日人窃去，现留的只是一口假钟了。

卢与我都信佛，所以对城外的灵岩寺非常向往。灵岩寺建筑宏伟庄丽，是高僧印光法师坐关虔修之处。密室内供有他火化后的舍利子塔，凡欲去膜拜的，必须换去皮鞋，沐手焚香，在塔前顶礼膜拜。据说与佛有缘的，看见舍利子呈透明的白色或金黄色，否则即呈灰暗色。佛堂里蒲团上有一个印迹，是印光法师多年膜拜，前额印上的油迹。定睛细看，有点像法师披袈裟合十的形象，于是这个蒲团也就成了宝贵的纪念物了。进里一间套间是法师的卧室与读经之处，案头经卷木鱼，拂拭得一尘不染。床上一条席子，一方薄布被，与一张木板凳当作枕头。想见佛门弟子苦修的精神。在苏州一年，因为工作轻松，游玩成了我们的主要科目，几乎没有一个周末，不是跑路跑酸了腿，就是嗑瓜子嗑破了舌尖。

　　岁月匆匆，与卢君一别二十年，音尘阻绝。古人诗云："慢云小别只三年，人生几度三年别。"三年尚且不易，那么人生又能有几个二十年呢？

南湖烟雨

　　南湖在浙江嘉兴南城外，是浙江省风景仅次于杭州西湖的一座名湖。嘉兴位于沪杭甬铁路的交叉点，是兵家必争的"四战之地"，所以中日战争期间曾遭日军猛烈轰炸。我于抗战胜利后的第二年初夏游南湖。浩劫后的湖山疮痍满目，幽美的江南水乡尚未恢复旧观；如今是何景象，更不可知了。

　　南湖的特色，是万缕千条的垂柳随风飞舞，飘起了如棉的柳絮，笼罩着湖中央孤零零的烟雨楼。烟雨楼，顾名思义是绵绵不断的烟和雨。所以宜于雨中游，尤宜于暮色苍茫的雨中游。攀登楼上，倚着栏杆，面对郁沉沉的湖水，就有隔绝于尘世之外的感觉。爱繁华热闹的人，宁可游杭州繁花似锦的汪庄、刘庄，不会喜欢这冷清清的烟雨楼的。可是我本来是个爱雨成癖的人，所以特别喜欢烟雨楼的一份冷清，那一年也是选的雨天去游的。

　　南湖的船，不像西湖的画舫装点得漂亮，只是简简单单的两把长椅，当中一张小桌也没铺上桌布。我靠在椅子里，叫船娘揭去布篷，让细雨纷纷扑面；湖风吹来，顿觉俗念俱清，真有苏东坡的"一蓑烟雨任平生"的逍遥之感。傍晚时分，湖上除了我这孤单的游客以外，还有远处的渔人在捕蟹，近处的小姑娘在采菱。看渔人把撒下的大网渐渐收紧，一只只肥硕的螃蟹都落入篾篓中，对横行的无肠公子，我不禁起一份怜悯之情。螃蟹与菱角都是嘉兴名产，而无角菱尤为南湖特有。采菱的姑娘都坐在木桶中，飘浮湖面，双手在水中轻便地提起一串串带枝叶的菱，采下菱，枝子仍扔回水中。菱有红绿两种：刚出水的脆嫩清香，两角圆圆的像一只元宝；风干以后呈深褐色，菱肉仍很甜美。湖上采菱，是一幅美丽的图画，可惜我不能把它画下来。

南湖又称鸳鸯湖，据说是因为湖中多鸳鸯得名。清代的诗人吴梅村有一首《鸳鸯曲》，起首四句便把南湖胜景描绘得非常具体："鸳鸯湖畔草粘天，二月春深好放船。柳叶乱飘千尺雨，桃花斜带一溪烟！"

在烟雨楼上，远远看嘉兴的黄昏灯火市，更有一种从冷静中看繁华的超然物外之感。至于如吴诗中所描写的"水阁风吹笑语来""满湖灯火醉人归"的情景，我倒未曾领略，也无心领略，因为我所向往的是凄迷的烟和雨。

西湖忆旧

我生长在杭州，也曾在苏州住过短短一段时期。两处都被称为天堂，可是一样天堂，两般情味。这也许因为"钱塘苏小是乡亲"，杭州是我的第二故乡，我对它格外有一份亲切之感。

平心而论，杭州风物确胜苏州。打一个比喻，居苏州如与从名利场中退下的隐者相处，于寂寞中见深远，而年轻人久居便感单调少变化。住杭州则心灵有多种感受。西湖似明眸皓齿的佳人，令人满怀喜悦。古寺名塔似遗世独立的高人逸士，引人发思古幽情。何况秋月春花，四时风光无限，湖山有幸，灵秀独钟。可惜我当时年少春衫薄，把天堂中岁月，等闲过了。莫说旧游似梦，怕的是年事渐长，灵心迟钝，连梦都将梦不到了。因此我要从既清晰亦朦胧的梦境中，追忆点滴往事，以为来日的印证。若他年重回西湖，孤山梅鹤，是否还认得白发故人呢？

居近湖滨归钓迟

我的家在旗下营一条闹中取静的街道上。街名花市路，后因纪念宋教仁改名教仁街。这条路全长不及三公里，而被一条浣纱溪隔为两段，溪的东边环境清幽。东西浣纱路两岸桃柳缤纷，溪流清澈。过小溪行数百步便是湖滨公园。入夜灯火辉煌，行人如织。先父卜居于此，就为了可以朝夕饱览湖光山色之胜。他曾有两句咏寓所的诗："门临花市占春早，居近湖滨归钓迟。"父亲不谙钓鱼之术，却极爱钓鱼。春日的傍晚，尤其是微雨天，他就带我打着伞，提着小木桶，走向湖滨，雇一只小船，荡到湖边僻静之处，垂下钓线，然后点起一支烟，慢慢儿喷着，望着水面微微牵动的浮沉子而笑。他说钓鱼不是为了要获得鱼，只是享受那一份耐心等待中的快乐。他仿着陶渊明的口吻说："但识静中趣，何须鱼上钩。"

他曾随口吟了两句诗："不钓浮名不钓愁，轻风细雨六桥舟。"我马上接着打油道："归来莫笑空空桶，酒满清樽月满楼。"父亲拍手说"好"，我也就大大地得意起来。

西湖十里好烟波

夏夜，由断桥上了垂柳桃花相间的白公堤，缓步行去，就到了平湖秋月。凭着栏杆，可以享受清凉的湖水湖风，可以远眺西湖对岸的黄昏灯火市。临湖水阁中名贤的楹联墨迹，琳琅满目。记得彭玉麟的一副是："凭栏看云影波光，最好是红蓼花疏，白蘋秋老；把酒对琼楼玉宇，莫辜负天心月到，水面波来。"令人雒诵回环。白公堤的尽头即苏公堤，两堤成斜斜的丁字形，把西湖隔成里外二湖。两条堤就似两条通向神仙世界的长桥。唐朝的白居易和宋朝的苏东坡，两位大诗翁为湖山留下如此美迹，真叫后人感谢不尽。外西湖平波似镜，三潭印月成品字形的三座小宝塔，伸出水面。夜间在塔中点上灯，灯光从圆洞中透出，映在水面。塔影波光，加上蓝天明月的倒影，真不知这个世界有多少个月亮。李白如生时较晚，赶上这种景象，也不至为水中捞月而覆舟了。

六月十八是荷花生日，湖上放起荷花灯，杭州人名之谓"落夜湖"。这一晚，船价大涨，无论谁都乐于被巧笑倩兮的船娘"刨"一次"黄瓜儿"。十八夜的月亮虽已不太圆，却显得分外明亮。湖面上朵朵粉红色的荷花灯，随着摇荡的碧波，飘浮在摇荡的风荷之间，红绿相间。把小小船儿摇进荷叶丛中，头顶上绿云微动，清香的湖风轻柔地吹拂着面颊。耳中听远处笙歌，抬眼望天空的淡月疏星。此时，你真不知道自己是在天上还是人间。如果是无月无灯的夜晚，十里宽的湖面，郁沉沉的，便有一片烟水苍茫之感。

圆荷滴露寄相思

荷花是如此高尚的一种花，宋朝周濂溪赞它出淤泥而不染。它的每一部分又都可以吃。有如一位隐士，有出尘的高格，又有济世的胸怀。所以吃莲花也不可认为是煞风景的俗客，而调冰雪藕，更是文人们暑天的韵事。新剥莲蓬，清香可口，莲心可以泡茶，清心养目。莲梗可以作药。诗人还想拿藕丝制衣服，有诗云："自制藕丝衫子薄，为怜辛苦赦春蚕。"如果真有藕丝衫，一定比现代的什么"龙"都柔软凉爽呢。倒是荷衣确是隐者之服，词人说："新着荷衣人未识，年年湖海客。"我想只要能泛小舟徜徉于荷花丛中，也就是远离烦嚣的隐士了。

写至此，我却想起了荷花中的一段故事。那一年仲夏，我陪着从远道归来的姑丈和见了他就一往情深的云，三人荡舟湖上从傍晚直至深夜，大家都默默地很少说话。小几上堆了刚出水的红菱，还带着绿色茎叶，云为我们一一地剥着红菱。她细白如兰的手指尖与鲜嫩的红菱相映成趣。船儿在圆圆的荷叶之间穿来穿去，波光荡漾中，云娇媚的面容有如初绽的红莲。她摘下一片荷叶，漂在水面，水珠儿纷纷滚动在碧绿的丝绒上。我伸手去捉时，它们就顽皮地从手指缝中蹓跑了。云说："谁能捉住水珠呢？"姑丈说："我们不就像这些水珠吗？"她深湛的眼神注视了他半晌，低下头微喟一声，没有再说什么，沉默的空气重重地压着我的心。想想他们这一段无可奈何的爱，将如何了结呢？云捡起一段藕，双手折断，藕丝牵得长长的，在细细的风中飘着。她凝视一回，把藕扔在水中，藕丝是否还连着，我就看不清楚了，只看见云的眼中满是泪水。

对岸五彩霓虹灯在闪烁，岸边的世界依旧繁华，我们的船却飘得更远了。到了西泠桥边，冷清清的苏曼殊墓显得更寂寞。这位"才如江海命如丝"的情僧，纵然面壁三年，又何曾斩断情丝？否则他就不会吟"还君一钵无情泪，恨不相逢未剃时"的诗了。那时，我还是一个单纯的高中学生，可是"人间情是何物"，却已困惑了我，使我为旁人而苦恼。

我们舍舟登岸，从湖堤归来，三人并肩走在柏油马路上。尽管荷香阵阵，湖水清凉，我的心却十分沉重，相信他们的心比我更重。姑丈忽然拍拍我的肩说："希望你不要去捉荷叶上的水珠，那是永远捉不住的。"他这话是对我说的吗？

桂花香里啜莲羹

中秋前后，满觉陇桂花盛开。在桂林中散步，脚下踩的是一片黄金色的桂花，像地毯，软绵绵的，一定比西方极乐世界的金沙铺地更舒适！浓郁的桂花香，格外亲切。我那时正读过郁达夫的小说《迟桂花》，文人笔下的哀伤，也深深感染了我。仿佛那可爱的女孩正从桂花丛中冉冉而来。

桂花林中还产一种嫩栗，剥出来一粒粒都带桂花香。满觉陇一路上都有小竹棚，专卖白莲藕粉栗子羹。走累了，坐下来喝一碗栗子羹，顿觉精神饱满，齿颊留芬。

母亲拿手的点心是桂花枣泥糕，所以我每回远足满觉陇，都要捧一大包撒落的桂花回来，供她做糕。留一部分晒干和入雨前清茶中，更是清香可口。

不知何故，桂花最引我乡愁。在台湾很少闻到桂花香，可是乡愁却更浓重了。

我们母校之江大学，是国内闻名的名胜之一。它位于钱塘江边，六和塔畔，秦望山麓。弦歌之声与风涛之声相和，陶冶着每个人的襟怀。

清晨的江水是沉静的。在山上，凝眸远望，江上雾气未散，水天云树，一片迷蒙；晨曦自红云中透出，把薄雾染成粉红色的轻纱，笼罩着江面；少顷，雾分散开，江面闪着万道金光，也给你带来满腔希望。

沉静的江水，也有愤怒的时候，那就是月明之夜的汹涌波涛。尤其是中秋前后，钱江的潮水，排山倒海而来，蔚为奇观。海宁观潮，不知吸引了多少游客。传说钱江的潮头有两个，前面的是伍子胥，后面的是文种，春秋时代的两位忠臣，把一腔孤忠悲愤，化为怒潮。吴越王钱镠曾引箭射潮，却不曾把潮头射退，称雄称霸者又何能敌得过大自然？

六和塔是杭州三大名塔之一，另两座是保俶塔和雷峰塔，都是战国时代的建筑。一俊秀，一苍劲，故称为"美人老僧"。

雷峰塔因为有法海和尚镇压白蛇在塔下的故事，所以更带神秘性。而塔因几经火灾已倒塌大半，据说赭色的残砖可以治疗痼疾，游人往往带回一块半块。残缺的古塔，在斜阳映照下，更显得一片苍凉，"雷峰夕照"也就格外的引人低徊。我比较喜爱的还是六和塔，因为它接近人间：朱红的曲槛回廊和六角飞檐，点缀在波涛壮阔的钱塘江边，更配合年轻人的心情。塔在外表上看去是十三层，登塔却只七层，设计非常巧妙。塔下有许多竹棚摊贩，学生们每天都成群结队来小吃，再买点零食，爬上塔顶边吃边唱歌。虽比不上杜老"振衣千仞岗，濯足万里流"的气概，却也真自由自在。从六和塔沿着钱塘江走两三里路，便是九溪十八涧。在九溪茶亭坐下来小憩，沏一壶清茶，买一碟花生米，一碟豆腐干，真有金圣叹说的鸡肉味。山泉清冽中带甜味，溪水潺潺，清可见底。我们常赤脚伸在水中，让小鱼儿吻着脚趾尖。十八涧的美在乎自然，几处茅亭竹屋，点缀于曲折的溪边。假日游人也不多，不像台北近郊的名胜，处处人挤人，想找个座位休息一下，都很难得。使我格外思念那些悠闲无争的岁月，也使我念念不忘老师的四句词："短策暂辞奔竞场，同来此地乞清凉；若能杯水如名淡，应信村茶比酒香。"真是悟道之言。处于今日繁忙的工业社会中，每日被分秒的时间所追赶，身心疲乏不堪。真想暂时离开奔竞之场，可是教从何处乞得片刻清凉呢？

枝上花开又十年

花园别墅，亦为西湖点染了不少风光。其中给我印象最深的是刘庄，它是香山巨贾刘问刍的别墅。里面台榭亭池，回廊曲槛，建筑得十分富丽。只是平时不轻易开放，尤其是学生旅行到此，看守园门的就把大花厅的四面玻璃门紧紧关闭，我们只能把鼻子贴在彩色玻璃窗上，向里面张望华丽的陈设，羡慕不已。有一次，我随着父母一同去游玩，父亲通报了姓名，看门的特地延入内厅，还请出女主人来接待贵客，对我这黄毛丫头来说，简直是受宠若惊。我走进雕梁画栋的客厅，不由得目迷五色，因为一切的陈设实在太讲究了。桌椅都是成套紫檀木镶大理石，油光雪亮，几案上的各种古玩和壁间的名人字画，使爱古玩字画的父亲都露出万分欣羡的神色。墙角的花架都是苍老的树根雕成，显得格外典雅宜人。庭院中种满了奇花异卉，春日百花盛开，倒也有一片欣欣向荣气象。父亲说因为庄园主人去世多年，花木再茂盛，也赶不走那一股阴沉冷落之气，尤其是秋冬以后。这位庄主生前极懂得享受，所以为自己建了偌大一座别墅，而且娶了八个太太，他何曾想到树倒猢狲散，身后红粉飘零的悲哀？在庄的旁边是他的坟墓，全部是文石砌成，其豪奢不亚于古代帝王。前面一字儿排着八个墓穴，是他为八个太太筑的生圹，上面刻着他自撰的《生圹志》。可是八个墓穴好像还空着六个。出来招待我母亲的是两位刘太太，却不知她们排行第几，年纪看上去都是四十尚不足，三十颇有余。她们一色的黑绸旗袍，淡扫双眉，薄施脂粉，皮肤都非常细洁，颈后挽一个低低的爱司髻；珍珠耳环，钻石戒指。如此一对如花美眷，长年伴着一座冷冰冰的孤坟，使我立刻想起徐于的"鬼恋"。幸得她们神情并不淡漠，与母亲说话语调非常亲切。母亲不便与她们多谈，我却恨不得问她们："你们害怕吗？将来打算葬在这个墓穴里吗？为什么不进城里跟亲戚朋友住在一起呢？"我那时太年轻，那儿懂得人世间许多傻事。

这两位美丽的未亡人，守着偌大的庄园，守着她们死去的丈夫，一年年的春去秋来，花开花谢，她们真个是死灰槁木，看破红尘吗？人世的富贵荣华、浓情蜜意都是过眼云烟；建造这八个墓穴的刘庄主人，才是真正的大傻瓜呢！"如梦如烟，枝上花开又十年。"满园姹紫嫣红，给人的感慨又是如何？

"青山有幸埋忠骨"岳王坟是我们学生春秋季旅行必游之地。岳王是宋代的岳飞，殿门前一副对联是："青山有幸埋忠骨，白铁无辜铸佞臣。"生铁铸成的秦桧夫妇像，就跪在墓前。游客们都叫孩子便溺在秦桧与秦桧婆身上，这固然表示对奸臣的痛恨，却是有碍公共卫生。加以号称丘九的学生，甘楂果壳扔了满地，使一座庄严的殿宇，显得嘈杂凌乱。倒是南端的张苍水祠，游人少，反有一份肃穆之气。张苍水和郑成功都是反清复明的英雄，兵败不屈而死，杭人乃立祠祭之。

我国民族最重气节。宋明两代的民族英雄，留给后代的典范尤多。

林泉深处谒如来

杭州的古刹，我最喜爱的是里西湖的灵隐寺。因为它离城区较远，格外清幽，是夏天避暑的胜地。每年暑假，我都陪父亲去灵隐。父亲是为了"逃客"和找老衲谈禅，我是为了享受坐马车的乐趣。沿着柳荫夹道的苏堤，马蹄得得中，可以饱餐湖山秀色。那一份悠闲的情趣离我已很遥远很遥远了。

每当计程车载着我在台北街心横冲直撞时，我就更怀念苏堤上的马车。

灵隐山为葛洪隐居之处，故又名仙居山。东南面的山峰就是有名的飞来峰。峰下清泉寒冽，泉边有亭名冷泉亭。有一副对联是："泉自几时冷起，峰从何处飞来？"另一副却回答道："泉从冷时冷起，峰从飞处飞来。"煞是有趣。在冷泉亭里，泡一壶龙井茶，手中一卷书，就可消磨竟日。方丈款待我父亲的，据说是市面上买不到的上品清茶。大概就是彭玉麟联句中的"坐、请坐、请上坐，茶、泡茶、泡好茶"的好茶了。

父亲那时已非达官贵人，只是和老和尚谈得非常投契。老和尚将八十的高龄，精神非常健旺。我问他怎样修行？他指着寺前巨大的弥勒佛像叫我念旁边的对联："大肚能容，了却人间多少事。满腔欢喜，笑开天下古今愁。"他说："懂得此中妙理，便是修行。"父亲笑着点点头，我小小年纪，哪儿懂得呢？

寺旁罗汉堂里有八百尊罗汉，塑得每尊神态不同。游客可以选择任何一尊罗汉，向左或右数，数到自己的年龄数字时就停止，如果是一尊慈眉善目的罗汉，就表示你是个好性情的人。如果是一尊竖眉瞪眼的，就表示你脾气火爆。记得我数过很多次，常常数到一尊眼睛里长出手，手心里捏着亮晃晃珠子的，不知象征的是什么？

一生知己是梅花

宋朝的林和靖，在杭州选择了他的隐居之处，那就是里外湖之间的孤山。他性爱梅花，曾手植三百多株梅花，并依梅子的收成维持简朴的生活。于是因山傍水，绕屋倚栏，尽是梅花。他的咏梅名句不少，最脍炙人口的当然是："疏影横斜水清浅，暗香浮动月黄昏。"他又养了几只白鹤。每当他外出时，如有客人来访，童子就放起白鹤，翱翔空中，他一见到白鹤，就知有友人来了。这位妻梅子鹤的林处士，真是懂得生活的情趣。可惜的是这样好的名胜，却被后来一条博览会木桥破坏了。

在里西湖边上盖了一座大礼堂，大礼堂对面，一条红木长桥直通孤山，破坏了孤山的宁静。抗战胜利后，长桥已被拆除，孤山又回复了往日的幽静。那时，浙江大学暂时迁到平湖秋月附近的萝苑，我就时常随一位老师穿过对面的林荫道，散步去孤山。冬天，湖上没有一只小船，放鹤亭边，梅花盛开。我们坐在亭子里的石凳上，灰蒙蒙的天空，渐渐飘起雪花来，无声地飘落在梅枝上，白成一片。当时想起杭州沦陷于日军时，我们在上海，老师曾有词云"湖山信美，莫告诉梅花，人间何世"。后来湖山光复，我们又能回来赏梅，心中自是安慰。

我们望了很久，才踏着雪径回到老师住的临湖暖阁中。他伸手在窗外的梅枝上，撮来一些雪花，放在陶瓷壶中，加上红茶，在炭火上煮开了，每人手捧一杯香喷喷热烘烘的茶。他兴致来了，立刻挥毫，画了一幅红梅。我也乘兴在空白处写上两句词："惜取娉婷标格，好春却在高枝。"

我们默默地望着湖上的雪景、雪里的梅花，吟起古人"有梅无雪不精神，有雪无诗俗了人；日暮诗成天又雪，与梅并作十分春"的诗句，才懂得林处士为何愿意终老是乡了。

故乡与童年

故乡是离永嘉县城三十里的一个小村庄，不是名胜，没有古迹，只有合抱的青山，潺潺的溪水，与那一望无际的绿野平畴。我爱那一分平凡与寂静，更怀恋在那儿度过的长长的儿时生活。

春天，溪水绿了，我光着双脚坐在清可见底的溪边，把脚伸在水里，让小鱼悠游地吻着我的脚趾尖，更不时吐点唾沫逗引它。父亲提着钓竿来了，竹桥边已一字儿排开了三张小竹凳，那是老长工阿荣伯伯给摆的，洋铁罐里装满了钓饵。浮沉子落下去，鱼儿上来了。父亲乐得连连把烟筒敲着灰，又把钓起来的鱼儿偷偷放回到溪水里。妈与老师都信佛，每天叫我念一卷《心经》与《大悲咒》，童稚的心灵也懂得慈悲为怀，也不忍心看活泼泼的鱼儿被烹调后放上餐桌。阿荣伯伯提了满盒子的米粉炒蛋丝，妈也在后面一摇一摆地出来了。我瞅着父亲全神贯注在钓竿上，把他的一份也一扫而光了。薄暮时分，虽然提着空水桶回家，可是带回来的是一家的欢乐。

父亲爱自己开汽艇，常常带起我们从后河解缆，一直驶向城里。不宽不窄的河水，被掀得白浪翻腾。看一只只乌篷船在浪头上飘然滑去，船夫们都好奇地笑开了嘴与父亲打招呼。"十八湾"是这条河上最美的地方，每一个水湾的前面都好像被矮矮的青山拥抱住了，望去没有出路。可是船头一转，双桨又拨出个水湾儿来。两岸的垂杨松柏，夹着杜鹃与山茶，在迷蒙的春雾里，仿佛把船儿摇到了天上。

从河埠头到家门口，中间是迂回的田畴阡陌，嗅着菜花香，闲步在亭亭的麦浪里，满眼是一片青黄相间的天然绒毯。太阳从屋脊升起来，从山坳里落下去。五彩的云霞与地面编织起锦绣般的世界。我和邻儿在半山腰里挖番薯吃，又与放牛的牧童在平坦的石头上掷石子。哪个输了就罚挖番薯，直待砍柴归去的农夫看见了痛骂一顿，才藏了满口袋的番薯回家。

屋子左面是一片茂密的桃树林，桃花结子的时候，父亲着了短装，亲手捉虫剪枝。母亲和我把纸袋小心翼翼地套上逐渐肥大了的桃子。调冰雪藕的盛夏，母亲取下纸袋，鲜红清香的水蜜桃照眼欲醉。拣了最大的供在佛堂里，我就虔诚地在佛前膜拜，一双圆圆的眼睛却盯着那一盘又大又红的水蜜桃。

果园是母亲的宝藏，院子里扶疏的花木尤其是父亲的爱宠。寒梅在雪里报来了春讯，素心兰在暖阁里也吐出了新蕊，垂杨自含翠而飞棉，紫薇飘香，牡丹山茶更点缀了满院春光。我却独爱冰清玉洁的白兰花。初夏的清晨，我爬上高过粉墙的玉兰树，篮子挂在树梢头，采下的花儿，分赠给全村的小朋友们，淡淡的芳香里带来了一分友情的温暖。

桂子飘香的深秋是母亲忙碌的季节，也是我最快乐的日子。满树的桂花要待我摇落下来，仔细地拣去枝叶，筛去花托，一簟簟摊在秋阳里晒干。那正是秋收的时候了，母亲忙着蒸糕做饼，撒上了金黄色的桂花，装在提篮里给收租的叔叔和长工做点心。母亲不让我这个"小捣蛋"在旁边"帮忙"，不许在蒸糕的时候把脚放在灶孔边，说糕会蒸不熟的。又不许在开笼的时候先吃一块。在旁边动辄得咎，就跟着叔叔们偷偷爬上称租谷的大船。在黑黝黝的舱位里只管呼呼睡去，直至热腾腾的桂花糕香味冲进鼻子，我才揉揉眼睛，一跃而起，取两块最大的藏在口袋里，跳上岸来。晨光熹微中，看船篷上挂着红灯笼，淡淡的光辉，映着深蓝色的水波。欸乃一声，船儿渐向波心摇荡而去。

我最爱秋收时的那一分忙碌，黄腾腾的稻子割起来了，打稻子、挑稻草、送点心。望着箩中粒粒辛苦的米谷，农夫农妇们满是皱纹的脸上泛起欣慰的微笑。我也在腰间扎起小篓子去田里，把散落在泥土里的谷子拾起来，装满了一篓又一篓，满身是泥浆，满心是欢喜，我们同样分享大人们丰收的快乐。

然后是过新年，祭祖、拜佛，口袋里装满了响叮当的压岁钱，嘴里塞满了甜蜜蜜的糖果。妈妈总把大年初一佛堂前第一杯净水给我喝，到今天我如果还能有一点慧根的话，那就是妈妈用净水灌溉的。

儿时情景，历历似画，屋后桃花更是无人为主，故乡故乡，且让我暂时在梦里追寻，重温童年的旧梦吧！

绿遍澎湖

飞机一临空，我的心情就有着奔向另一个世界的兴奋。这个世界，在我想象中，一定多少带有几分原始的荒凉感。可是当飞机着陆时，展现在我眼前的，竟是如此辽阔壮丽的气派。平坦的柏油马路，两旁伸展着无边无际的一片绿。

莫看它们在轻风中摇曳生姿，每年十月以后，六个月的狂飙似的强风，带着海水的盐分，把所有的枝叶扫荡得半边枯黄。可是春天来临时，他们又蓬蓬勃勃地恢复旧观了，树是吹不倒的，人更坚强，这第一仗就打赢了。

进了市区，抬头看天空，电视机的天线林立，每根上都装有稳定器，俾于大风中收视不受影响，而居民百分之九十都有电视机，彩色的都有好几架。足见他们生活水准之一斑。

澎湖县长看去就是位实事求是的地方好长官，他向我们简要地介绍了当地文化复兴运动推行的情形，并恳切地提到，希望每年的大专联考能在澎湖设考区，以免考生来往奔波，费时费钱，这倒是有关部门值得考虑的一件事。

因我们停留的时间短暂，在市区就只游览了马公东郊的孔庙，孔庙一称文石书院，进至圣庙大门牌楼左侧，就可看到一块石碑，刻有"文石书院"四个字。碑下地上有一块大石板，可能是当年师生讲学受业之处，惜原建筑物已不存在，无法辨认，此庙建于嘉庆年间，原祀文昌帝君，后改祀孔子，已拆除重修过，是澎湖最早的官立学校。院内有文魁阁，可以登高眺望远近胜景。

庭院中树木修剪得非常整齐，于葱茏浓荫下俯仰低徊，似已呼吸到古城悠久的文化气息。马公与白沙之间，有一道一千余公尺的长堤，名为中正桥。汽车快速地在堤上奔驰，飘飘然有临虚御风之感。正午的阳光照耀海水发银白色。视野之辽阔，令人尘念顿息。想象如在朝曦夕晖中来此散步，海上奇观，更将如履彩虹，进入神仙世界。对这条卧波的长虹，我已惊叹不止，没想到更有一项震撼我心灵的伟大工程，紧接着就出现在我眼前，那就是举世闻名远东第一巨大工程的跨海大桥。

西屿乡南岸的西台古堡，令人发思古之幽情。这是李鸿章于清光绪十三年时，为防台湾海峡被贼寇侵袭而建的炮台。四周是高筑的墙垣，垣上原有四门十九世纪的大炮，可惜现已不复存在，古迹未能善加保护，深感遗憾。墙下是四通八达的隧道，俨然地下堡垒，十分坚固。清廷曾于此训练水兵。光绪二十年，曾与荷兰军五千人作战。可见李鸿章于国防战略上颇具见地，若非清廷腐败，亦不至迭受外侮。攀登墙垣之上，一片广阔，有着天地悠悠的苍茫之感。附近有一门水泥双管巨炮，是二次大战时，日军引诱盟军投弹的假炮；前方一个巨坑是炸弹痕迹，日军这一花招固然是兵不厌诈，可是总当以诚相见吧。

灯塔永远是逗人遐想的，何况在远离繁华的外岛。塔的扶手栏杆、玻璃窗等都拂拭得光可鉴人。可见守塔人的负责。我们攀登上最高层，看海面阳光闪耀，似乎这深不可测的海就一直是这般风平浪静。却难以想象守塔人终年在听强风巨浪的怒吼。他端坐在此方寸之地，这一盏指引航行方向的明灯，对海上的船只和对守塔人都有同样深的启示。我进入那间小小工作室，看到书桌边的一架电视机，科学文明驱走了守塔人的寂寞，我想象中的一点诗情画意也同样被驱散了。

最使我难忘的胜景之一是通梁村的古榕，相传已有三百五十年的寿命。清康熙年间，有一只商舶驶经澎湖时，遇暴风沉没，却有两株小小的榕树苗漂浮到海岸，为村民拾起种植在一座保安宫前，就此渐渐长大。但因海风强大，树枝不能向上伸展，自然地适应环境，便向四面八方展开，枝条下垂及于地面，便又吸收营养成为支干。如此者已发展到五十八株垂根。占地半亩余，枝连叶茂，蔚为奇观。俯仰于浓荫华盖之下，天然的生机予人以无限神奇之感。

进了林投公园，那满眼的青葱蓊郁，几疑身在江南。木麻黄经人工栽培，在带盐分的土地里，竟已成一望无际的森林。伫立良久，想捕捉住一排滚滚而来的白浪，却因镜头移动了，未能冲洗出来，可见雪泥鸿爪，要留痕迹也并不一定能如愿呢。

主人款待我们以海鲜美味，餐后的特产甜瓜，至今齿颊留香。真不信澎湖多盐的土地，能培养出如此好的瓜来，可见人定胜天。听说澎湖缺少淡水，而成功水库于落成之后，一夕之间，天降甘霖，灌满了水库，真是自助天助。那么大片大片尚未能被利用的土地，一旦用科学方法，开发成为良田美地，发展农业、渔业，增加生产，而澎湖的天然胜景，尤可开发为一个上好的观光区，使更多人士了解我们苦干实干的克难精神，则澎湖前途，正有无限光辉。

归途中，我自云层俯瞰海岛的神奇、雄伟和磅礴气象，内心的欢愉与感动，岂是笔墨所能形容的呢！

两　代

一大清早，我从睡梦中被惊天动地的"狂喊狂叫"音乐吵醒，又闻到一股呛喉鼻的香烟味。

才想起宝贝的独养儿子已经从远道归来了。四个多月为他在海上的愁风愁雨，总算可以放下心头一块大石，熏烟味和接受叫嚣热门音乐的迫害，实在是心安理得了的。

我把语调放得极温和地问他："听热门一定要开得声震山岳吗？是不是你一大早心里就空虚得发慌，非得把自己掩埋在噪音中呢？"

他一声不响，啪嗒一下把录音机关了。我笑笑说："你别关，只不妨放低一点，我并不反对热门音乐。我也希望了解你们年轻人的心理。"他哼了一声说："你既说它是噪音，就证明你永远无法了解年轻人心理。如果你一旦真能了解下一代，那你就年轻了。"

我哑口无言，为他冲好牛奶，烤好面包。他大口地喝着，吃着。吃喝完了，打火机啪嗒一下，燃起一根香烟。我说："也给我一根吧！"他咧了下牙，递给我一根，母子对坐，默无一语。

我在咀嚼着他刚才那句话："如果你一旦能了解下一代，

那你就年轻了。"心头一阵凄然。我还能再年轻吗？那意思是说，我还能做儿女的朋友，与儿女谈心吗？可是谁不曾年轻过，谁又不是父母的儿女呢？我当然不必留恋"天下没有不是的父母"那个旧时代，可是要去适应"天下没有不是的子女"的新时代，这种三明治的夹心人物，滋味确实不好受。许多写专栏的青少年问题专家们的文章里都在"教育"做父母的如何去了解子女，甚至"孝顺"子女，他们可曾教育子女们如何准备他年自己做父母呢？不错，他们收到的信件，往往是年轻人的诉苦与牢骚，他们也许不大听到做父母者的心声，因为父母们没有那么激动，也不相信他们解决得了问题。他们甚至可以想得到，执笔的先生女士们，本身也许正遇到同样的苦恼。"代沟""反抗期"等名词，都被用滥了，欧风美雨的冲击，是不是要把父慈子孝、兄友弟恭的中国传统道理连根拔呢？其实这种看法或担忧都是表面层的，东西方对事物价值观念虽不同，但基本的人性是相同的，西方人讲"爱"，中国人讲"仁"，就包含了孝慈，也就是爱，只是在表现的方式上不同而已。中国知识分子的父母，无不有开明的头脑接受新方式。所以，我认为青少年教育专家们，要灌输道德观念的对象是子女们而不是父母们。教育措施之未能尽如人意，社会的奢靡之风与五花八门的引诱使人叹息"难为父母"，如果说，万方有罪，罪在父母，对于尽心力教育子女的父母说是不公平的。当然作奸犯科的青少年的父母是罪无可逭的，我指的是以理论的根据，振振有词怪父母不了解他们的聪明可爱的孩子们。

我永远不会忘记三年前在美国特地去访问的一位黑人，他以充当乐队喇叭手所得工资，独力办了一个青少年辅导所，称之为 Half Way Home，因为他看到许多孩子们与父母一言不合或不如意，就逃家外出，茫茫然无所归。有些孩子，流浪了一个时期，深感"金窝银窝，抵不得自己家的草窝。"想回家而不敢。他于是设了一间简陋的屋子，接待他们，开导他们，逃家的劝他们回去，想回家的送他们回家。因此称此破屋为"半途的家"。他一年不知拯救多少迷途的羔羊。他贫穷而笑口常开，伙伴们称他为"小小的人儿有颗大大的心"。我问他两代之间是否有"代沟"，他说"代沟"不是可怕的字眼，那是表示有进步，就如同楼梯的一级一级之间的距离。错误的是有些人过分强调他的不可消弥。他又咧开嘴大笑说："我没有受过什么教育，我只记得父母爱我，所以我也爱孩子们。"他的话简单明了。我于是又想到孔子的仁字，从二从人，两人之间，不也是有沟吗？而这个沟应当是如何沟通，而不是鸿沟的沟。

隔壁屋子又响起震耳欲聋的热门音乐，我耐着性子对自己说："这不是噪音，这是年轻人的心声。"我回味着儿子刚才说的那句话："你一旦了解年轻人，你也就年轻了。"我不由得调侃地自言自语道："你一旦懂得做父母的心意，你也就不年轻了。"

天堂在心中

最近去一间小药房买药，老板是一位和蔼的老先生，他以不纯熟的国语问我多大年纪了，为什么要服镇静神经和缓心跳的药。我告以实际年龄及偶然发生的病状。他微笑地说："看你的神情，还不像是需要服这种药的样子，还是注意平时保健，少吃药吧。我虽开药房，但不赞成人们多吃药，我自己就是连补药都不吃的。"听了他的话，不由得对他肃然起敬：第一，难得的是他有这样高的职业道德，卖药而劝人少吃药；第二，他虽两鬓苍白而精神焕发，一定是位养生有道的人。

他又继续对我说，"心跳失眠，情绪紧张，都是由于把世间事看得太认真，或是要想获取一样什么的心太切，因而老放不开。我想你可能也是这个缘故吧。"我不好意思地点点头说："也许是吧，但我自己并不知道整日忙忙碌碌是否在追求什么？我只是觉得双肩责任好重，该做的事好多而永远做不完。"他说："永远做不完的，你可以落得放宽心，为自己找点乐子，想想那些比你不如的人，那么天堂就在你心中了。"他以慈祥的眼神望着我，我忽然感到好惭愧。自问平时还在教书，也在拿着笔涂涂抹抹一篇篇人生的大道理来对青年人谈，自己却不时犯情绪紧张、失眠心跳之病，岂不是自欺欺人，言行不能一致吗？面对这位豁达的老人，我似乎真个望见他心中的天堂。我听他的话，不要再买镇静剂，只买了一瓶表飞鸣和一瓶多种维他命就回来了，这两种药，究竟没有镇静剂那么霸道，只希望有一天，心中的天堂能长出一颗多种维他命树来。

事实上，自从听了那位老人家话后，心情确实有点转变，心情一转变，接触外界事物的反应也就不同了。比如有一次，我向门口西瓜小贩买了半个西瓜，把一百元付给他尚未找钱时，他又忙着招呼旁的生意了，最后他又回头向我要钱，我再三说明已给了他钱而且在等他找钱，总无法使他相信，我立刻转念一想，他并非故意，而且他如此辛苦地推着车沿街叫卖，一百元对他来说实在是一笔不小的数字，我不能让他心里一直感到蒙受损失，所以立刻又给了一百元请他找。回屋以后，我并未感到多付了一笔冤枉钱，而是感到心里很舒坦。几十分钟后，那个小贩忽然来按铃说他发现了那原始的一百元塞在另一口袋里，赶紧拿来还我并再三向我道歉。这一下，我心中的喜悦并不是因为收回那一百元，而是他诚实的行为，实在令人感动。当时我如固执不再付他一百元，彼此心中都会有失落之感，如今却使我发现一颗如此纯朴善良的心。同时想到，道德与学识不一定成正比。他是个小人物，他的一介不取却使身居要职而贪赃枉法者愧煞。我顿然发现他的心中也有天堂。天堂中的花朵，映得我也春光满室。

心中有天堂，天堂确实在每个人心中。宋儒陆象山说："满

街都是圣人。"就是对人生非常乐观的看法。孟子主性善，说
"人皆可以为尧舜。"荀子虽主性恶，也说"人皆有可以为圣
人之质。"孟荀对人性的主张不同，而殊途同归，古圣先贤的
苦口婆心，还不是为了劝世人恢复良知，"明"善心，"见"真
性情吗？

思乡曲与慈母颂

　　检点行箧，发现一篇极为感人的文章《思乡曲》，作者潘恩霖先生是我中学六年同窗好友刘珍和女士的夫婿。这篇文章是潘先生为庆祝慈母百年冥寿而作。就在那一年，潘先生也不幸因心脏病突发逝世。我的同学刘珍和与他四十余年鹣鲽深情，悲痛逾恒，幸儿女个个孝顺，百般劝慰。她忧思稍减，心神稍定后，给我写来一信，并将他先生的一篇遗作寄我，我读后感动得泪水涔涔而下，故一直留在书箧中，作为永久纪念。转瞬间，竟然已是十个年头过去了。

　　如今，我又在异乡作客，在一片祝贺"母亲节快乐"声中，重读潘先生此文，感触尤深。

　　最难得的是潘恩霖先生出生长大在海外，受的是西洋教育，而对祖国传统文化系念不忘。公余一直自修到能作诗词，其毅力令人敬佩。潘先生回祖国后，在抗战前一直从事教育工作，并创办中国旅行社，对国家贡献至多。他侨居美国，再迁新加坡，协助友人从事工商业发展，对新加坡侨胞公益事业，尤为热心。为人和平公正，极受当地人民及侨胞之爱戴。在新加坡时，一直想写文章寄国内发表而苦无时间，后竟突然逝世，这是他第一篇也是最后一篇文章，故格外值得珍惜。

他写的是侍奉慈母，为慈母的快乐而特地用中文编写"思乡曲"的经过及在沈阳青年会演唱时受欢迎的热烈感人情景。读通篇文章，实在是一首感人的"慈母颂"。

本文寄到时，母亲节固然早已过去，但慈母之爱是无始无终的。在我们每人心中，母亲节应当是永恒的，是不必认定哪一天的。因为母亲的辛劳是日日年年、年年日日啊！

潘恩霖先生遗作原文如下：

我从小爱好西洋音乐，喜欢唱英文民歌，每次得到一首新歌，必先将歌词的内容，简略译告我的母亲，然后自己奉琴将歌儿唱给她听。事实上母亲既不识英文，也不懂西洋音乐，但总是参加助兴，给我鼓励。有时将译述的某段某句要我再唱一遍，使她增加了解，也更欣赏词意与音调的调和。所以几年下来，一本《一百零一首佳曲》，我们母子二人都很熟悉。

但这些歌曲中，她最爱听的是《思乡曲》。这首歌原名Home, Sweet Home，是美国十九世纪的一位作家裴恩（Payne）所写。裴恩本是孤儿，既无父母手足亦无家庭，是在孤儿院中长大的，长大后在外交部做事，派往非洲某小国当领事，他终身未曾结婚成家，但他感情丰富，想象力甚强，远客他乡，时常想念祖国，因而写出这篇委婉动人的思乡曲，传颂一时，成为世界名歌之一。

思乡曲歌词，大意是"走遍天涯，享尽荣华富贵的生活，看过最优美的环境，但不如简陋的故乡，令人恋念。"

我因为母亲特别喜欢此歌，原文是英文，她无法跟着哼唱。而且究竟是美国人的口吻，和中国人思乡的情感总不相同，所以根据原歌的曲调，照中国人思乡的心情，将其意译一首计两节如下：

一、听杜鹃声声，啼得游子归心切，

　　看落花片片，吹得庭前空寂寂，

　　是何物富贵，使人们如此舍不得？

　　问底事忙碌，亦知田园已芜否？

　　（副歌）

　　去！去！莫留连，

　　莫负好岁月，

　　莫教家中人长嗟！

二、念昨夜梦里，旧日门庭犹认识，

　　惟门前树老，屋后墙垣稍稍缺，

　　有高堂老母，空倚园门望残月，

　　盼游子归来，榻扫几拂常虚设。

　　（副歌）

　　去！去！莫留连，

　　莫负好岁月，

　　莫教家中人长嗟！

我当时仅十几岁，且我所受的是英文教育，中文根底非常肤浅。是从商务印书馆的教科书"人、手、刀、尺"读起的，一切古文经传，都在后来做事时感觉需要而苦苦自修。所以写此歌词，对于平仄声韵，毫无研究，诗词歌赋，更是外行。

但这是我和母亲共同哼唱的原文，所以至今不忍丢弃，也曾请教专家润饰。后来我在沈阳东北大学担任教职，并且邀集有兴趣男女学生，组织歌咏团，用四声合唱演习比较简单的西洋歌曲。首先选唱的，也是他们最感兴趣的，就是这首思乡曲。我在晚间去学生宿舍行走，听到他们三五成群，连不是歌咏团的团员，都在歌唱。我感觉到自己这点努力，受到他们的支持，十分兴奋！不久后沈阳青年会的阎总干事，要求我将此节目在五百人集会的场合演出，以便公诸同好。我本来想我们的技术并不高明，这首歌曲也很简单，这个演出不能登大雅之堂。但是在当年的东北还未受到西洋音乐的影响，借此做倡导工作或者不致贻笑大方，所以就答应他的要求。只是请他将此歌排在最后一个节目，并非我们的表演可以做压轴戏，而是照欧美习惯，这首催人返家的曲调，要到宴会时间甚迟，客人游玩已经尽兴的时候，主人才授意奏乐的人，弹此歌曲，大家便围琴共唱，作为散会的仪式然后分别归去。所以根据这个惯例，将此歌排在最后，似乎比较合理。

演出的当晚，我们将歌词印在节目单上，让座客可以了解所唱的词句。我先解释裴恩写此原歌的历史，然后即将此歌演奏，唱完后全场掌声雷动，历久不停，表示要求再唱，我们受宠若惊，感泪听众的热忱，所以用最轻的声音将第二节复唱一遍，并邀请座客在唱副歌时加入我们共同合唱，节目完毕时，全场寂然无声，座客中有许多人流下眼泪，静悄悄离座回家，这种深刻的印象数十年后还历历在我脑中。我当时想到早年和母亲共同哼唱的情形，想起"树欲静而风不定，子欲养而亲不待"之句，不禁黯然泪下。兹值先母百龄冥寿，因介绍裴恩君之《思乡曲》外，亦借以表达对慈母无限哀思。

文 与 情

　　赞美别人文章好，常说"情文并茂"，我却认为情比文更为重要。若是内心没有那份不能已于言的情，而只在文字上铺陈以卖弄技巧，虽然雕绘满眼，仍着是空疏无物。梅圣俞说："文不足以入人，足以入人者情也。气积而文昌，情深而语挚，天下之至文也。"我国六朝骈文极华丽工厉之能事，在文学史上自有不朽的地位，但在感动人心的程度上，总不及《诗经》《离骚》及唐宋古文、诗词之深。

　　韩愈的文喜用佶屈聱牙的僻字，到晚年也自谓"艰穷变怪得，往往造平淡。"渐渐走上平易之路。他早岁的一首《终南山》诗，篇中有数不尽的草、木、山、石等部首的字，被时人讥为"类书"，其效果反不及他好友孟东野的两句诗："南山塞天地，日月石上生。"显得更鲜明生动。因为前者是着意的铺陈，只能以文胜，后者是直接的感受，好就在以情胜。又如庾信庾子山的《哀江南赋》，真可称得"情文并茂"，因为他确实是有感于劫后江南的哀痛而写的，但比起杜甫的《北征》长诗，写一路流亡、目击哀鸿遍野的凄凉情景，前者仍显得着意雕琢了。可见华丽的文字，有时可以烘托情，有时反而会减弱了情。

　　无论诗或词，我都比较欣赏白描的、以情寄景、以景寓情之句。比如辛弃疾的两句名句："我见君来，顿觉吾庐，溪山美哉。"以大白话说出对朋友无限欢迎之情，溪山之美自不必费辞说明了。又如王碧山的词，一向以沉咽含蓄著称。他有两句词："纵飘零，满院杨花，犹是春前。"暗喻国步虽艰难，而仍大有可为。满腔爱国热忱，都寄托在短短词意之中。若比起纳兰的"一种蛾眉，下弦不似初弦好。"前者是乐观的，后者是悲观的，却都是以眼前景物，寄托内心无限感触，二者之所以都能如此感人，就是因为作者以平易浅近的文字，写出最委婉曲折的情怀。所以我认为若要文情并茂，其实是情要浓重，文要疏淡，才不致以辞害意。

　　再举个例子：杜甫有两句诗："卷帘残月影，高枕远江声。"十个最最浅近的字，初读时只觉平淡无奇。再细细品味，就悟出平淡中的无限深意，都包含在"残"和"远"两个浅浅的字眼中。这两个字就是诗眼。若以"望"易"残"字，以"听"易"远"字，就索然无味了。因为"残"显示出月的形象，残缺的月就象征离人的心。"远"表示远处的江水声都听到了。可见离人深夜不寐，愁绪万千。这两句诗，文字虽浅而实深，感情虽淡而实浓。看去没有丝毫雕琢，却是千锤百炼而出。这正是情胜于文的明证。

哀乐中年

人生之有老年，有如时序之有寒冬。洁白晶莹的霜雪象征着饱经欢乐忧患以后坚贞的情操。如今我更要说，中年，正是步向老年以前的一段最幽美最值得留恋的宝贵时光。

"哀乐中年"是充满了诗情酒意而又微带感伤的四个字眼。中年人的心灵似乎比较的脆弱敏感，而许多感触又都只放在心里不愿说出来。诗人说："中年只有看山感，西北阑干半夕阳。"在夕阳无限好中，青山满眼，独自倚着阑干，其感触岂是笔墨所能抒写得尽的，所以也只有学着辛稼轩的"欲说还休，只道天凉好个秋"了。

我觉得，中年的滋味固然带点酸辛苦涩，而这一份酸辛苦涩却是隽永的、淡远的。就如啖橄榄以后余香在口，值得人细细品味。少年人的感情是奔放的，眼泪是滂沱的，而中年人的感情是蕴藉的，泪水是清明的。少年人对于横逆与不如意事有一份反抗的心理，中年人却多半都能默默地承受。中年人常抱有一颗虔诚的心，对于坎坷的境遇不抱怨，也不畏缩，却有着顽强的心力去承担它。中年人比较的和平、宽大、深远而富于幽默感。他已越过了乱流急湍而趋向长江大河。

他也像一泓深沉澄清的秋水，风行水面，虽然也掀起一层细细的涟漪，而天光云影，两共徘徊，他的深处依旧是静止的。由此足以见得中年生活的丰富了。

五代词："如今却忆江南乐，当时年少春衫薄。"少年时许多赏心乐事，到中年回忆起来，也许会笑，也许会哭。可是不论哭或笑都比身历其境时更美。纪德说的："有笑的一刻，必然有忆笑的一刻。""忆"，固然会带给你些微的惆怅，轻淡的哀愁，可是这一丝丝惆怅却足以富裕人生，澄清心灵，增加智慧。它使你领略到生活的壮美，更使你懂得天地间的一条真理—爱。所以中年人的心是仁慈的、温厚的，他有着饮酒将醉未醉的境界，洒脱飘逸，看似不认真、不执着，却绝不致有失分际。

入中年如访名山古刹，听鸟语松声，回首羊肠小径，不觉拈花微笑，怡然自得。近年来，我亦渐悟得此中真趣。过去生活中那些痛苦、怨恨、惊险的日子，回忆起来，都使我充满了感谢。因为那一切使我明了：人生并不全是苦恼的，只不过偶尔有些苦恼的时日，这些苦恼，却足以纠正我自己的过错。对一切的人和事，我都满怀希望，我像是游倦了姹紫嫣红的花圃，徜徉于红叶满眼的秋山。深邃的山径中，有着一派肃穆的美，我向往着傲岸于霜风中的红叶。

记得年轻时见母亲颦蹙的容颜，就要问她："妈，什么事使你不快乐了。"她回答我一个浅笑说："等你年纪大点就知道了。"我不能再问，却只觉得母亲的悲喜无端。及至二十岁以后，孤身负笈上海，于孤寂中给母亲写了一首《金缕曲》，内有两句:"总道亲眉长不展,到而今我亦眉双聚。"母亲来信说:"为你这两句,我整整流了一夜的泪。"其实我当时又何尝知道母亲的忧思,只不过是想念母亲的一点童稚之心。现在想想,如母亲还在世的话,我就可以和她老人家互诉心曲,彻夜不眠了。因为我已经是中年,我也更懂得母亲的心了。

在杭州读书时,尝采集鲜花嫩叶,排成美丽的图案,订成一本小小的手册。在第一页,老师为我写上两句词:"留予他年说梦痕,一花一木耐温存。"时隔二十余年,那点点滴滴斑斓的梦痕,却在心头浮上更鲜明的印象,我才深深领略得"一花一木耐温存"的隽永滋味了。

我生平永不能忘怀一幕幽美的情景:在抗战期中,我避乱深山,有一个深夜,忽然听说日军来了,我们于朦胧中陟山逃难。在万分惊险中,忽抬头见一轮明月,低低地坠在半空中。深山清晨的雾氛,使月亮变成金红的琥珀色,在眼前晃动着。我一时忘却后面的敌人,只想伸手掬取那一团玲珑的琥珀,置诸怀袖之中。在那一瞬间,我忘却了人世间一切的烦恼丑恶,我心中只有一个感受,就是宇宙太美了,太神奇了。这种美和神奇,是可以化丑陋与罪恶于乌有的。这是一个永恒的感受,直到如今我不会忘记。而且现在回味起来,那一轮近在咫尺而又远不可接的月亮,那一份超越于现实人生的美,正如同入中年而回顾多彩多姿的少年生活。

韶光的消逝是无可奈何的事,虽然是"春归何处寻无迹",却为什么不想想:"月到中秋分外明"呢?

春回大地

连日来细雨霏霏，阳明山的杜鹃在雨丝中绽开了嫣红的花朵，樱花亦将吐蕊，春天又回来了。"新年鸟声千重转，二月杨花满路飞"，这是庾子山笔下令人赏心悦目的骀荡春光。吟着这两句，就使我怀念我的第二故乡杭州。西子湖现在还沉睡在霜雪中，而孤山的寒梅已经在报春讯了。再过一个月，就是桃花柳絮满湖堤的烂漫春色。六桥三竺，仕女如云，杭州人所谓三冬靠一春，西湖的春，真不知陶醉了多少游人。可是我现在在台湾，西湖春色，邈不可接，既不能插翅飞回故乡，更何计使青春长驻。尽管婉约的词人吩咐我们："若到江南赶上春，千万和春住。"却明明是无可奈何的趣语。无怪饱经忧患的杜甫要吟出"一片花飞减却春，风飘万点正愁人"的伤春之句了。这位老年坎坷的诗人，伤感地说："花飞有底急，老去愿春迟。"他晚年落寞的心情，对短暂的春光愈加依恋，正表示他对人生的深挚执着之爱，可惜他穷愁难遣，终于在颠沛流离中告别了人世。

来台湾忽忽度过多少春天，这个四季不分明，也可说四季如春的宝岛似乎是无春可"赶"。在江南现在正是草长莺飞，在此地——台北，春却沉睡在雨季中。固然太阳一露脸春就会觉醒，可是才一觉醒，初夏的热带风就匆匆把它赶跑了。春是如此的"倏而来兮忽而逝"，心情也随之悲喜无端。除非能学着苏东坡那一派"也无风雨也无晴"的豁达精神，天涯羁旅，真有点难以自遣。

正因为台湾的春太不分明，也太短促，所以我们必须在心理上予以延续，保持长久的春天。这心理上的春天是不受外界风雨晦明的影响的。聪明的先哲告诉我们说"快乐是一个人心境上的春天"，这才是长驻的春天。可见得境随心转，春亦随心转。一样的风雨落花，悲苦的杜老要埋怨"风定花犹落"。旷达的俞曲园就说"花落春犹在"。南宋词人王碧山，对于逝去的春光亦寄予无限希望："纵飘零，满院杨花，犹是春前"。更有的诗人说："未有花时已是春。"念念这些诗，心头就像吹拂着和暖的春风，感到人间原是充满希望与幸福的。

那么，如何保持心境上永久的春天呢？还是让我们来向春请教吧！春是无私的，雨露给所有的草木染上新绿；春是带有朝气、令人奋发的，一个快乐的人应当是满面春风。看春风拂过水面，作成美妙的细细涟漪，却不会掀起惊涛骇浪；春风洒在花枝上，平添无限娇艳，却不致坠粉摧红；我们心情上偶尔掠过一丝轻愁，就应当像春风春雨一般，来得那么轻柔，忘得十分迅速，因为我们的心应该是春天的太阳，随时会散布温暖的光辉，驱散阴霾。

陆放翁有两句诗，"桃李春风一杯酒，江湖夜雨十年灯"。我一直非常喜欢这两句诗，因为它不仅音调美，更透着漂泊者一份轻淡的哀愁。我却别有会心，"桃李春风"是象征人生的盛年，杯酒联欢，以文会友，岂非"天涯何处无知己"。"江湖"不是"萍踪漂泊"，而是"四海为家"。"夜雨"的情调不是萧疏，而是静中有声、声中有静的"小夜曲"。

垦丁之旅

年岁一天天大了，反倒喜欢东跑西跑，喜欢坐汽车、坐火车，尤其喜欢坐长途火车。外子说我是个怪人，旁人感到厌烦的事，我偏偏喜欢。其实这和我童年时第一个印象有关，那时大约五岁，乡下孩子进省城，大人把我抱进狭狭窄窄的火车厢。心里却兴奋得像进了天堂似的。记得那节古老的车厢还挺讲究，对面座位中间伸着一条舌头似的茶几，中间两个圆窟窿。茶房端来两杯茶，镶在洞里，是热气腾腾的柠檬红茶，比现在的茶讲究多了。父母亲都不喝，两杯全归我。喝完了，父亲一招手，茶房又端来两杯，那股子又香又酸又苦又甜的味道，至今还仿佛留在嘴里，因此几十年来，我爱上了柠檬红茶，也爱上了火车。一坐上火车，就有一分暖烘烘的安全感。手捧红茶、靠着玻璃窗，眼送山峦云树、绿野平畴向后移去，鼻子里闻不到马路上的灰尘味，厨房里的油烟味，课堂里的粉笔灰味，心中好舒坦。陶渊明说"心远地自偏"，我体会不到他的心是什么远法。我一定得躲离烦嚣、丢开工作，心才远得起来。

这次外子服务的公司招商局为庆祝公司创业百年纪念，于双十节招待同仁携眷游垦丁公园，我好高兴。因为垦丁是个新开辟的观光区，我们没有去过，而且我又可坐一次过瘾的长途火车了。一位游过的朋友建议我们值得在新建的宾馆住一晚，享受远离都市的宁静，听听风声和海浪声。我们既已省了火车钱，就决定在那儿住一夜豪华一番。

主办游览的办事人员非常周到，每人一张来回对号车票递在手里，鱼贯上了预定的车厢，全是熟人，也就格外轻松自在。六个小时的行程不算短，外子看了一阵书报后，就沉沉睡去。我是个最喜欢在摇摇晃晃的车子里悠然遐想的人，这一下彼此都偿了"偷得浮生半日闲"的心愿，这就是老夫老妻的假期旅行与新婚夫妇的蜜月旅行之不同处。人生的旅程就是这般的，由绮丽绚灿趋于平淡，愈平淡也就愈隽永。

晚九时到高雄，住进价廉物美的旅社，适度的冷气，柔和的灯光，软绵绵的地毯，冲一个澡，坐在舒适的安乐椅里，从玻璃窗俯瞰高雄繁华的灯市，没有感到一丝旅途的疲劳。作为一个现代人，怎么能脱离现代文明的享受。可是，我是农村出身的人，过分享福，时常会有一种"折福"感。外子是学经济的，他就笑我乡气，"国民生活水平的提高是工业社会进步的好现象，不消费怎么能刺激生产，促进繁荣呢？"他又在对我发表大道理了。想想确实不错，在个人经济能力可能的范围内适度的享受不算浪费。即使至圣先师生于今日，他也绝不会拒绝住观光饭店，因为他是圣之时者也。于是我也心安理得地入睡了。

次晨七时半动身去垦丁，主办先生已租好三辆专车。不必排队，不必看表，不必辨方向，这真是一次最轻松的旅行。到了垦丁，先订好房间，再去公园游览。

宾馆客房有两种价格，靠海的四百元，靠山的二百元。我们作了乐山的"仁者"，落得省二百元。反正冷气开放，门窗紧闭，山和海都被关在门外了。且只要散步草坪，纵目远眺，水光山色，可以尽收眼底。大自然风景原是取之不尽、用之不竭、无分等级、无分贵贱的，逆旅主人偏偏要把海的身价抬得比山高一倍。山水有知，岂不要笑人类的愚昧？

公园离宾馆并不太远，主办先生递给我们一张指南图，第一个景色是茄冬神木。进门口步行数十步就到了。一棵千年高龄的神木，如果是攀登悬崖，于迂回崎岖中发现，便带有天地悠悠的神秘气息。而今神木却敞开枝丫，平易近人地兀立在游人如织的大道边，那一派深山大泽中傲岸沉雄的气概消失了。它本身所启示的历史意义亦不复引人发思古之幽情。我站在楼下，不免怅然。但是再看看苍老的树干，中间已空得成一个洞穴，可见得愈是年高愈是大君子虚怀若谷。而它顶上茂密的新枝嫩叶，仍有赖老干老根为它们输送营养，树犹如此，我们人怎么可以自叹为"无根的一代"呢？

离神木不远处，一株不大不小的树下默默地长着一颗小菌，像圆圆的伞翼似地张开、下垂部分像细密均匀的网，全身呈乳白色，形状像故宫里精工雕刻的象牙摆设。其玲珑精致，使人不忍用手去触摸，深怕破坏了它的美丽完整。人类常自诩巧夺天工，看了这株菌觉得天工仍无法巧夺。可是它娇嫩不胜，只像昙花一现，被幸运的我们看到了，而它的转瞬消逝，实无法和距它丈余处的千年神木相比。但就生命的本质而论，就宇宙整体而论，原无所谓短暂与永恒。我不得不套一句东坡居士的名言："自其不变者而观之，则物与我皆无尽也"，聊以解嘲了。

　　"银叶板根"倒是名副其实的一种奇特的树，可惜忘了树名。它的叶子呈银白色，迎着太阳闪闪发光，树根像一片片的厚板，一根根地向四面八方奔泻伸展，大部分都暴露在地面，我们坐在板根上拍照，表示到此一游。

　　一看"望海台"的名称，想象中就出现一片波涛壮阔的大海。谁知它只是拾级而上，在石阶转弯处竖一块木牌，题上"望海台"三字。何处是台，何处望海？设计的人为了招徕游客，也顾不得名实不符，难怪外子说"不可不来，不必再来"了。想起多少壮丽河山，无论是知名的不知名的，不必任何美称，都引人寻幽探胜，叹为观止。单是我第一故乡雁荡泷湫的雄伟，第二故乡杭州西湖的秀丽，那真是景景有其特色，四时早晚气象不同。百游千游不厌，何至像今日，仅方寸之地，便标了十五处琳琅满目的美景。

　　"观海楼"是一座六层小楼，一至四层是方形的，可由电梯直上至五层，五六两层是圆的，第五层是餐厅茶座。快餐二十元，味道不谈，可以充饥。咖啡牛奶等价格公道。没有"刨黄瓜儿"的意思。大家都乐于坐下来休息进餐。圆楼四围是铝窗镶厚玻璃。风声呜呜，拂窗而过，室内很暖和。我说"如此孤零零高楼，台风来了怎么办？"外子说"绝不必担心台风，因为它是圆的。任何方向的风都从两边滑走了。这是建筑学原理，也是处世之道。太极拳不也是一个圆的道理吗？"他喝一口咖啡，满脸都是哲学。圆确实是个放之四海而皆准的道理。圆是无始无终的，也是最稳定的，它与圆心的距离永远不变，一失均衡就不圆了。圆是圆通广大而不是圆滑，为人处世都是如此。

更上一层楼便可观海，也就是我们在宾馆阳台上望到的那一片海岸，在一座人工建筑物上观海之一角，与登高山之巅观浩瀚大海，胸中感受自是不同。不过能到此一游便值得高兴了。下楼时我们一层层走下来，每层墙壁设计不同，有的用各色贝壳砌成图案、有的用各型木片，或现成的竹茶盘贴上，倒也别致。

"观日峰"封闭不得上，我想即使不封闭，在此日正当中之时，也无奇景可观。我曾在杭州的初阳台守候日出，在韩国的吐含山上观日出，所以此处的日出，就暂把它留在想象中吧。

所谓的"栖猿崖"原不是什么崖，更不会有猿栖其上。仰望高处有一座雨伞亭，是白色石质亭，为了保留有余不尽之味，我们就不上去了。

仙洞是一个天然洞，里面是黄黄的岩石，空空洞洞，无曲折之美，且又点缀了五彩灯泡，更破坏了自然气氛。想起杭州的水乐洞，清泉发出淙淙的音乐之声，即使是人工的黄龙洞也有迂回曲折之妙。不过话又说回来，有此一处自然的仙洞，也已胜喧嚣的人间无数了。

使我最欣赏的倒是垂榕谷。那真是名符其实的谷，四周全是数百年以上的榕树苍老的茎根，沿着岸壁奔腾而下，有如滚舞的龙蛇，从天而降，蔚成奇观。这些榕树，已不知它们的年龄，用手触摸树茎，那坚硬的实体，给予我一种时间与空间结合的神奇感受，那样扎实，却又是那样深奥得难以言喻。

"一线天"这一类的名称，好像到处都有。此处的一线天也只是略备一格而已，既不那么"一线"，上面的天地也就无奇特之感了。倒是边上的一弯低垂的老藤，像幼儿园里的摇篮椅，坐在上面拍照，给游人添了不少情趣。

"第一峡"三字听来如雷贯耳，好像四川三峡之一。举目望去，却不见峡在何处，只见一块"游客止步"的牌子，挡住了去路。此是最后一景，我们也就兴尽而返了。

我们是照着指南，按图索骥式的一步步的前进，心理上就缺少寻幽探胜的兴奋与惊奇感，何况路又是如此平坦，徐徐行来连汗都不会出。想起唐朝的大文豪柳宗元在永州，第一次发现西山奇景时的那份惊喜之情，绝非观光事业发达的今日旅客所能领会。可见名山胜迹、异草奇花就像饱学的隐士一样，被倾仰的人，崎岖迂回地发现，俯仰其间，两相晤对，便有一分知己之感。此李白之所以与敬亭山能"相看两不厌"；王维能整日"独坐幽篁里，弹琴复长啸"。此种情趣，在今天被开辟的风景区，沿着说明指标一路行来，是很难体会得到了。那么我们难道就让好景埋没山中，让参天神木与天地共终始，而不为世人所知吗？如果没有今日的交通设备，我们又何能远道来此，尽一日的游兴，瞻仰神木的苍劲之姿和垂榕谷的奇观呢？我为自己的矛盾心里感到茫然了。

除了观赏风景，我的最大嗜好就是购买小玩意。徘徊在小商店前面，对着琳琅满目的小玩意，这样那样看看摸摸，自觉有十二分乐趣，这种乐趣，外子无法与我同享。反而在一旁频频催促"快走快走，这些东西有什么道理？台北有的是"。我却只顾自己欣赏，买了好几个桃核雕的小花篮。

　　宾馆的餐厅阳台，视野很广阔，可以远眺海浪银波，在早晨的阳光里，闪烁发光，好像少女头上的发夹。浪潮拍向岸边，卷起一层层迷蒙的白雾。天空中白云卷舒，阳台像在后退，我恍如坐在大轮船的甲板上，感到飘飘然。

　　我们的拍照技术都不十分高明，彼此又都不赞同对方所选择的背景。人总是这样，不断地争执，不断地协调，显得既幼稚又愚昧。对着照相机镜头装笑容，僵僵的，像冻结在脸上的一层蜡壳，剥都剥不下来。等洗出照片来，自己看了才要笑出声来呢！

　　鹅銮鼻因多年前去过，这次没有再去。那座孤零零的灯塔，十余年来，不知换了多少守塔人。灯塔总意味着远离尘俗的凄清的美，它更逗人遐思。我幻想自己如果住在塔里，每天送夕阳，迎素月，数风帆沙鸟，听海上涛声，我不知是否能耐得起这分寂寞，忘得了世间的得失荣枯呢？记得那一年从鹅銮鼻归来，转往四重溪。在恒春候车一个多小时不见车子，大风卷起满路尘沙。天色渐暗，人地生疏，真有点"日暮途远，人间无路"的遑遑然。后来与一个不认识的旅客同租一辆小车，赶到四重溪，一见到旅邸灯光，心头就是一阵温暖。可见我无法离群索居，绝做不了灯塔的守望人。时隔十余年，交通的突飞猛进驱走了原始的荒凉。而"一春风雨四重溪"的幽美凄清，却在我心头留下难以忘怀的印象。此次限于时间，未能旧地重游，固然遗憾，却也保留了有余不尽之味。

玉女灵猫

　　我没有女儿，因此前前后后，收了不少个干女儿。如今这一群干女儿都在国外，她们忙于读书，忙于工作，已结婚的身兼数职，当然更忙。她们在与时间赛跑中，给自己的"湿妈"所写家信，都像打电报似的只有寥寥数语；我这个干妈，逢年过节，给我寄张花花绿绿金光闪闪的贺卡，就算有无限孝心了，我还能对她们苛求什么呢？说实在的，"慰情聊胜于无"，实在是"慰情已等于无"了。现在，儿子又已远离身边，唯一承欢膝下的就是"猫女"凯蒂了。

　　凯蒂已两周岁，一身纯黑毛，油光发亮，眼睛是翡翠绿的，有时对你脉脉含情，有时对你虎视眈眈。据说黑毛绿眼珠的猫是泰国种，可以上谱的，但我从不注意品种的。我相信任何一个爱小动物的人，都不会功利地因种之不同，而爱有差等的。凯蒂之成为我的"独养女儿"，也和过去收留的"猫儿""猫女"一样，都是从马路或水沟中捡回来的"弃婴"。我曾写过一篇《家有丑猫》，说明了她的可怜身世和我收养她的经过。

　　我对于凯蒂，可说是威信不立，她要跳到我膝上、肩膀上，甚至爬到我胸口，翘起鼻子对准我吹气，都得由她高兴。她饿了要吃饭，就在我脚背上咬一口。如嫌饭煮得不对胃口，再来咬一口，而且咬得更狠，边咬边呜呜地骂。此时，我一面低声下气地给她重新调味，一面还不断地夸她聪明，嘴巴刁得可爱。外子听了又好笑，又好气，说我是前世该她的，说我当年抚养儿子都没这么大耐心。我对他说，养育儿女的心情不同，期望他长大了成为正人君子，所以必须管教，不能纵容溺爱。对动物就不怀这分期望之心，溺爱点无妨。他说："对动物一样管教，要她知道家有家规，而且愈懂规矩，也就伶俐可爱，不信看我的。"说也真奇怪，凯蒂对于他，可真是既敬且爱，每天一听他钥匙开门声就到门口等他，然后在他脚背打个滚表示欢迎。他看电视新闻时，她就毕恭毕敬地坐在地上，仰首望着他。他不伸手摸她，她是绝不敢跳上膝头的。不像对我，进门时视而不见，绝不迎接，叫她时爱理不理，不假辞色。我不明白这是什么道理。外子说："很简单，跟教孩子一样，把握原则，令出必行，绝无通融，千万不可将就。"他这个一点一画的人，处理任何事都非谈原则不可，倒没有想到凯蒂反而服了他。动物岂只有第六感而且还能明辨是非呢。但尽管凯蒂对我予取予求，我还是疼她。因为白天我不上课时，就只有和她相厮守，她究竟解除我不少寂寞而且有了她就有话题，每天外子下班回来，一进门就要告诉他凯蒂闯了什么祸，凯蒂咬了我几口，然后看他俯身抚摸她时那一脸慈祥中透露的得意。我也暗自得意，因为我毕竟还是赢了，也是由于聪明的凯蒂之合作而赢的。因为，他一直不赞成我养猫，在凯蒂以前所有的猫，他都不喜欢，而凯蒂却赢得了他的爱。凯蒂居然了解人性中的一个弱点就是喜欢奉承，她乖巧地以奉承取得他的欢心。凯蒂也兼有人性中的一个弱点，就是欺善怕恶。我，是她欺侮的对象。幸得我不但不在乎，反而甘之若饴。记得《圣经》上有句话说："人家掌你一记右颊，你再把左颊也给他掌。"这当然是宽恕精神的最高标准，只有神才做得到，血肉之躯的人是没有这大气量的。但养一只小动物来折磨自己，也多多少少可以锻炼自己的宽恕与容忍程度。凯蒂长得如此清秀、高雅，完全是闺中少女风度，她温驯时懂得百般讨好，撒野性时抓我、咬我。我竟一点也不对她生气，因为动物本来是没有理性的。她虽无理性，却也没有恶意，再怎么说，她是爱我、信赖我的，知道即使伤了我，我也不会伤害她。再有一层，对动物除了爱和照顾，不会期望她对你有所报答，在感情的天平上不必求其平衡，在心理上反而能够平衡。

我欣赏凯蒂的还有一样，就是她的"饮食起居"，规矩到"一丝不苟"的地步。外子说是被我宠坏了，我却说她是择善固执。比如说她不吃隔餐饭，每顿饭鱼都得为她烤得香香热热的才吃，再饿也不掏垃圾桶。吃饱了睡在固定的沙发上，还得用抓子把靠垫拉下来垫着，摆好一定的姿势才睡。冷天里，她一定睡在我脚边，绝不越雷池一步，大清早一定咪唔咪唔去叫男主人起床。却绝不跳上他的床。她不喝盆子里浮着一层灰尘的水，听我们一开水龙头，就跳进洗手盆，就着龙头上喝涓涓滴滴的活水。因她如此的洁身自爱，我给她起名为"玉女灵猫"。

近半年来，凯蒂时常心绪不宁，有点"不安于室"的样子，想来玉女已经怀春了。我想让她生一窝小猫，看她如何教育子女。可是外子坚决反对说，一之已甚，其可"多"乎？有人劝我送医院动一下手术，免去许多麻烦，我总觉得不忍心。为了给自己解除寂寞，把她关在公寓房子里，缩小她的天地，已经很抱歉。若为了免麻烦，而剥夺她生儿育女的权利，更是违反自然律。如果凯蒂知道，人类是这般自私的话，她咬起我来，可能还要狠一些呢。